涼宮春日的消失

谷川流

涼宮春日的消失

CONTENTS

封面、內文插畫／いとうのいぢ

序曲

今早真是冷到爆。冷到簡直像是假如有人拿冰錐戳地球，凍僵了的地表真的會喀喀裂開地那麼冷。不說別人，我自己就很想帶頭拿冰錐戳戳看。

不過，天氣會這麼冷也是在所難免，因為現在是冬天。明明一個月前的校慶還是熱到爆的十二月，現在卻像是要提醒我們別忘了冬天的存在似的急速降溫，不禁讓我有種錯覺：今年的日本是不是沒有秋天？還是有人誤將什麼降冷咒當成生意興隆的符咒了？西伯利亞冷氣團喲，偶爾改變一下路線也不錯嘛，何必年年都來報到呢。

還是地球的公轉週期錯亂了？——就在我邊憂心大地的健康狀況邊往前走時……

「嗨，阿虛。」

一個輕浮的小子追了上來，跟氫氣一樣輕薄地拍了拍我的肩膀。因為停下來太麻煩了，我只有轉頭淡淡應道：

「嗨，谷口。」

打完招呼後，我又怨懟地望向前方路迢迢的斜坡坡頂。既然這道陡坡我天天都在爬，好歹少上幾節體育課吧。導師岡部和其他體育老師應該要多多關心我們這些每天早上走山路來上學的學生，因為他們個個都是開車來上班。

「聽你的語氣要死不活的，活像個糟老頭。走快一點，這是很好的運動。身體會變暖和。看看我，連件毛衣都沒穿。雖然夏天會爬得汗流浹背，不過在這個季節倒是很怡人的運動。」

你這麼有元氣當然是很好，問題是你元氣的來源究竟是什麼？拜託你分一點給我吧。

只見谷口合不攏的嘴角微微上揚：

「期末考結束了，今年再也不用到學校上課啦。而且，最棒的活動就快要到來了！」

期末考對全校學生而言，是平等降臨同時平等結束的災難。唯一不平等的，就只有批改後發回的答案卷上頭的分數吧。

一想到老媽也即將為我上哪間補習班傷神，我的心情頓時變得很消沉。明年升上二年級後，學校就要依志願學校分班。到時要選文組還是理組？國公立學校亦或私立學校？連我自己都沒個譜。

「那種事情以後再想不就得了。」谷口將此話題一笑置之後說道：「現下還有更要緊的事吧？你曉得今天是幾月幾日嗎？」

「十二月十七日。」我說：「那又怎麼樣？」

「不怎麼樣。一星期後才是讓人雀躍的日子，你不曉得嗎？」

「啊，原來如此。」我想到正確答案。「是結業典禮。放寒假確實是件讓人滿心期待的大事。」

可是，谷口卻用遭遇山林失火的小動物般的眼神，瞄了我一眼：

「不是！你好好想想七天後是幾月幾日！答案自然就會出來！」

「哦。」

我輕輕哼了一聲，呵出了白煙。

十二月二十四日。

謎底解開了。下週的確是有個不知被誰捏造出來的陰謀節慶，這我早該料到的。就算有人可以躲得過這場劫難，那個人也絕對不是我。因為有個比我還早察覺聖誕佳節將至的女人就坐我附近。上個月沒過萬聖節就讓她唸半天了，這回她一定會玩什麼花樣。

不，我大概可以猜得到她想玩什麼花樣。

昨天在社團教室，涼宮春日是這麼說的……

「你們聖誕夜跟人有約嗎？」

一關上門，就將書包甩出去的春日，眼底閃耀著獵戶星座般的三連星光芒，以睥睨的神態望著我們。

那句話其實夾雜了「想必是沒有吧？諒你們也不敢有。」的弦外之音。彷彿聽到有人答YES的話，她就準備颳起冰風暴似的。

當時我正在陪古泉玩TRPG（譯註：Table-Top Role Playing Game。桌上角色扮演遊戲），朝比奈學姐穿著幾乎等於是便服的女侍服，在電暖爐前烘手。長門則是專心在閱讀SF新刊精裝版，只有眼睛和手指頭在動。

春日將她拿來的另一個大手提包放在地上，大剌剌走到我身旁，挺胸用高高在上的眼神望著我說：

「阿虛，你當然沒任何約會吧。不用問我也知道，但是不問問你又有點說不過去，所以姑且問一下。」

那女人臉上浮現出世上最有名的貓一般的笑容。我將本來要轉動的骰子遞給笑得別有深意的古泉，轉身詢問春日：

「有的話又怎樣？先說說妳要幹嘛。」

「意思就是——你當天跟人沒約，對吧？」

春日逕自點了點頭，將視線從我身上移開。喂喂！妳給我等一下，我又還沒回答妳的問題……算了，反正我又不是今年聖誕節才沒約會。

「古泉你呢？和女朋友有約嗎？」

「如果有就好囉。」

古泉把玩著掌心上的骰子，戲劇化的嘆了一口氣。一看就知道是故意的，我聞到了作假的氣息。

「不知是幸或不幸，聖誕節前後，我的行程都是一片空白。我正煩惱一個人要如何度過漫漫的聖誕長夜呢。」

古泉笑意盎然的俊臉，一看就知道在說謊。可是，春日卻信以為真的說道：

「何必煩惱呢，那可是非常幸福的事。」

接著，春日又將矛頭轉向了女侍裝扮的少女。

實玖瑠，妳呢？有人約妳三更半夜去欣賞雨水變雪花的那一瞬間嗎？不過，這年頭要是還有人認真地跟妳那樣提議，妳大可一拳揮過去。」

睜著大大的眼睛，望著春日的朝比奈，被這突如其來的問題嚇得不知所措：

「沒有…是、是啊，現在哪有人…呃？三更半夜……？啊，請問妳要喝什麼…」

「越燙的越好。上次的香草茶就很好喝。」

春日一點完——

「是、是！馬上來。」

朝比奈的臉都亮了起來，甘之如飴地將水壺放在小瓦斯爐上。不過是泡個茶，真的有那麼快樂嗎？

春日滿意地點點頭，將炮口轉向最後一位團員長門。

「有希」。

埋首於書頁間的長門頭也不抬的簡短答道：

「沒有。」

「是嗎。」

就如同鳥鳴鶯囀一樣，直截了當的結束對話。春日又轉向我，露出不可一世的笑容。我打量了一下埋在書本間，一副局外人模樣的長門白皙的臉蛋，真的覺得她不用答得那麼快。假裝思考一下有沒有排約，再來回答也不為過呀。

春日舉起了一隻手。

「那麼，有關舉行ＳＯＳ團聖誕派對的提案，就在全體一致同意下通過。有異議或反對者，在派對結束後再以書面文件提出。只需要看看的話，我會看一看。」

言下之意，就是不管我們怎麼抗議，她都不會收回已說出的話。我們對這樣的發展早就習以為常了。這次起碼她表面上有詢問我們當天有沒有既定的行程。和半年前相較起來，算是小有進步；只是如果她所詢問的並非行程，而是團員的參與意願的話，我想會更好。

春日露出一切都照劇本進行的滿足神情，拿起了放在地上的手提包。

「喏，既然聖誕佳節就要到來，我們也得開始做準備了。所以我帶了一些聖誕飾品過來。從營造氣氛開始著手，才是正確的過節態度。」

只見她一一取出了噴雪劑、金銀亮片、拉砲、迷你聖誕樹、馴鹿布偶、白棉花、燈飾、吊環、紅色和綠色的垂簾，繪有阿爾卑斯山脈的掛毯，發條式可動雪人人偶，粗蠟燭和燭台、幾乎裝得下一名幼稚園生的巨大襪子、聖誕歌曲合集CD…

春日臉上的笑容有如發糖果給小朋友的鄰家大姐般親切，她將聖誕節的應景商品一一放在餐桌上。

「我想將這間冷清的社團教室妝點得活潑一點。要營造出聖誕節積極、樂觀的氣氛，第一步就是從妝點外觀著手。你小時候不也做過這樣的事？」

不管有沒有做過，的確再過幾天，我老妹的房間就會變成聖誕節樣品屋。今年老媽八成又會命令我幫她裝飾。對了，我那今年讀小五，將滿十一歲的老妹仍對聖誕老人的存在深信不疑。因為她至今仍無法像我一樣，在幼兒期就識破了爸媽巧妙的偽裝。

「你真該好好向純真的令妹看齊。實現夢想的第一步就是相信。否則你的願望永遠也不會實現。這就跟要中樂透一定得買彩券的道理是一樣的。不要癡心妄想天上會突然掉下中了一億圓的彩券，那是絕對不可能的事！」

春日一邊展露她笑著罵人的絕活，一邊取出派對用三角帽自個兒戴上。

「有道是：入境隨俗，進了羅馬城，就要像個羅馬人；同樣到了聖誕節，也要循著聖誕節的腳步走。世上沒有人會討厭別人幫自己慶生。基督先生見到我們如此期盼聖誕佳節，一定也會很開心！」

不是我臭屁，我可是能將連出生年份都尚未確定的基督的誕辰，其相關的各家學說倒背如流的人，豈會不清楚她的言下之意？加上春日又是那種認為基督誕辰有好幾個也無所謂的人，萬一她說：「既然如此，全部定為聖誕節不就得了？」，一年搬好幾次聖誕樹出來慶祝不是更慘？現在再回溯時光到西元前去追根究柢也只是自找麻煩。反正，不管是太陽曆或是古代巴比倫曆，都是人類自個兒訂定的，在浩瀚宇宙中默默運轉的天體們才不會管那麼多，只管默默運轉到壽命終了。啊，宇宙真是無限好～

一想到大宇宙的神秘，我的少年心又開始蠢蠢欲動。可是，春日絲毫不給我幻想的餘地，逕自像頭服務精神旺盛的熊貓，在社團教室裡忙來忙去。一下在教室內到處裝飾聖誕小飾品，一下幫埋首書中的長門戴上三角帽，一下又忙著搖晃噴雪劑，在玻璃窗上洋洋灑灑寫下「Merry X'mas！」的字樣。

她要寫我是不反對啦，只不過從教室外看的話，會是反字⋯

當春日忙著題字時，捧著杯盤的朝比奈學姊像個胡桃鉗人偶一樣，搖搖晃晃地走了過來。

「涼宮同學，茶泡好了。」

女侍打扮的朝比奈學姊巧笑倩兮的模樣，今天也是萌到了極點。她的嬌豔欲滴在在豐潤了我的心靈，而且百看不厭。過去不管春日提議什麼都鐵定遭殃的朝比奈學姊，對這次的聖誕派對倒是顯得氣定神閒。也對啦，跟扮成兔女郎發傳單，穿著讓人噴鼻血的清涼裝扮參與電影演出相較，和全體團員共同舉行小而美的派對，才是更實際又單純的娛樂。

但，事實真是如此嗎？

「謝謝妳，實玖瑠。」

春日好心情的接過茶杯，就這樣站著喝起了香草茶。朝比奈學姊以純真的笑容凝視她啜飲熱茶。

短短數十秒就將熱茶一飲而盡，春日綻開了比剛才更加燦爛的笑容。

我突然有種很不好的預感。那是她在打某種如意算盤時的笑容。畢竟我認識那女人不是一天兩天了，對她起碼還有這點瞭解。

問題是……

「真的很好喝，實玖瑠。我一直想找機會謝謝妳，今天我就提早準備了聖誕禮物要送給妳。」

「咦？真的嗎？」

惹人愛憐的女侍眨了眨大眼睛。

「當然是真的，世上沒有比這件事更真實的了。就如同月球繞著地球運轉；地球繞著太陽運轉那般真實。妳可以不相信伽利略的真理，可是不能不相信我的真心。」

「啊，是…」

春日隨即又伸手在大包包裡摸索。

我感覺到有人在看我，一轉頭，正好和古泉四目相對。只見他微微苦笑了一下，聳聳肩。正想問他要幹嘛時，我突然間明白了。好歹我當春日的同伴也當了半年以上，要是連這點都臆測不到的話未免太奇怪。

起碼，我自己是這麼認為。

問題是，這世上沒有哪個人或是哪種特效藥能夠阻止春日古靈精怪的發想，要是有人能成功發明出來的話，我個人絕對會頒給他國家一級獎章！

「鏘鏘鏘——！」

幼稚的叫嚷聲忽地響起的同時，春日從大包包底部挖出了最後一樣聖誕飾品，那就是——

「那、那是……！」

朝比奈反射性地倒退了數步，春日則是以老魔法師傳授愛用的魔杖給徒弟的神情說道：

「聖誕老人裝啦。很應景吧？在這個時節不做季節限定的打扮就失去教化意義了。來，我幫妳換上。」

緩緩地朝倒退的朝比奈學姊一步步逼近的春日，雙手拿著的除了聖誕老人服裝，還會有什麼呢？

於是，我和古泉被趕到教室外，我只能徒然的單憑想像力妄想春日在裡面是如何幫朝比奈學姊換裝。

「咦？」「呀！」「哇哇～」聽起來像是悲鳴的微弱聲音，給了我無限的想像空間，腦中不斷湧現的幻覺讓我不禁懷疑起自己是否能透視門的另一邊。哎呀，看來我也快得神經病了。

正當我猶自浸淫在無邊無際的幻想時——

「雖然這樣說很對不起朝比奈學姊，不過⋯⋯」

不知是閒得發慌還是怎樣，古泉突然脫口說出這句話。這個靠在牆上叉著手臂，以表面工夫與彬彬有禮的態度著稱的男人繼續說道：

「能看到涼宮同學這麼開心的模樣，實在讓我備感安心。因為要是見到她焦慮不安，那是最叫我心痛的。」

「是因為如果那女人精神不安定，就會產生奇妙的異空間是嗎？」

古泉用一隻手的無名指撥了撥瀏海。

「是呀，那也是原因之一。我和我的同伴最害怕的就是閉鎖空間和『神人』的存在。或許那看起來沒什麼，其實非常辛苦。幸好這個春天以後，出現的次數已大幅減少。」

「意思是說，偶爾還是會出現？」

「很少了。這陣子只有從深夜到黎明時分才會出現。也就是涼宮同學的睡眠時間。很可能是她做了噩夢，所以才無意識的創造出閉鎖空間吧。」

「那女人不管是睡著還是醒著，都很會給人找麻煩。」

「沒那回事！」

古泉尖聲抗議。坦白說，我有點被嚇到。只見他收起了笑意，以強而有力的視線攫住了我。

「你不曉得涼宮同學進高中之前是什麼樣子。自我們開始觀察她的三年前，到她進入北高就讀為止，根本無法想像她天天開懷大笑的模樣。一切的改變都是發生在遇到你之後⋯嚴格來說，應該是和你一同從閉鎖空間回來之後。涼宮同學的精神才遠比在中學時代安定了許多。」

我無言的回看古泉。因為如果移開視線，我會覺得好像輸了。

「涼宮同學很明顯地改變了，而且是好的改變。我們想維持現狀，你難道不想嗎？現今的SOS團，對她而言已是不可或缺的存在。因為這裡有你、有朝比奈學姊。長門同學也是必要的存在，還有恕我直言，就連我也是這裡少不了的一份子。我們幾個可說是一心同體。」

那是以你的立場而言吧。

「是的。可是這應該不是什麼壞事吧。難道你寧願見到涼宮同學每隔幾小時就化為『神人』大鬧異空間？憑良心說，這絕不是一個值得鼓勵的嗜好。」

我沒有那種嗜好，未來也不想有。只有這點我敢斬釘截鐵地掛保證。

古泉冷不防改變表情，回復到原來的曖昧笑容。

「聽你這麼說我就安心了。說到改變，其實不只是涼宮同學，就連我們也都在改變。你和我，還有朝比奈學姊都是。大概長門同學也是。不管是誰，只要待在涼宮同學身邊，想法多少都會有所改變。」

我偏過頭去。並不是因為被他說中了。我根本就沒有那種感覺，怎能算是被說中。我只是很意外，這小子居然也注意到長門有些微的改變。當我們為了耍詐草地棒球大賽、穿梭三年光陰的七夕、收伏巨大蟋蟀、孤島的殺人劇和陷入無陷迴圈的暑假忙得團團轉時，長門的態度和行為舉止，與當初揭開一切序幕的文藝社團教室的邂逅相比，是起了些微的變化沒錯。我也起碼有自製望遠鏡那種程度的觀察力呀。現在回想起來，長門在孤島時是有點怪怪的。在市立游泳池和于蘭盆會會場時也是。儘管拍電影時的魔法師裝扮已經夠古怪了，但是和電腦研究社進行遊戲對戰時比起來，才知道那根本不算什麼……不過！

那算是好事吧。春日就算了，我個人認為長門的改變比較重要。

「若是為了世界的安定，」古泉面帶微笑地說：「舉辦聖誕派對還算是小ＣＡＳＥ吧。假如還玩得很開心的話，就算翻遍我所有的大字典，也翻不到抱怨這兩個字。」

真是令人無法反駁的一席話，但我聽了就是有點不爽。就在此時……

「換好了！」

門突然被打開來，因為社團教室的門是向內開的，整個人貼在門上的我，自然悲慘的跌了個四腳朝天。

「嚇!?」

這聲音的主人不是我，也不是春日，而是朝比奈學姊。而且聲音還是從我頭上傳來的。此外，摔得四腳朝天的我，即使不想看，也會看到天花板。問題是我看到的不是天花板，而是另一樣東西。

「喂！阿虛！不要偷看！」

說這句話的人是春日。

「呼哇！好險！」

發生連聲驚呼，跳到後面的是朝比奈學姊。我向八百萬神眾發誓，我只有看到腳而已。

「你要躺到什麼時候啊！給我起來！」

春日抓住我的領口，總算是將我給提了起來。

「真是的！豬哥虛！想偷看實玖瑠的小褲褲，你還早一億五千六百年呢！你是故意跌倒的吧？真是不要臉！」

真是惡人先告狀！是誰話都還沒說完就突然開門的？這是意外！這真的是意外啊，朝比奈學姊——我雖然想辯駁，卻被某件事情奪去了注意力。呃，有人要問我是什麼事嗎？

「哇哇……」

除了雙頰染得通紅的朝比奈學姊的模樣，還會有什麼事？

白色滾邊的紅衣，配上飾有毛球的紅帽子……身上只包了這兩樣東西的朝比奈學姊，雙手死命拉住短短的衣襬，含羞帶怯的用水汪汪的眼睛望著我。

不管從哪個角度看，都是完美無瑕、不折不扣的聖誕少女。年事已高的聖誕老人悄悄地將家業轉給孫女繼承，而那位孫女正是目前站在這裡的朝比奈實玖瑠。

——如果她這樣跟我說，我八成會相信吧？起碼我老妹一定會信以為真，我敢保證。

「非常好。」

古泉率先發表感言：「不好意思，一時之間我只想得到如此老套的句子。不過，這套服裝真的非常適合妳。真的，很好看。」

「就是啊！」

春日摟住朝比奈學姊的肩膀，狀似親熱地貼著學姊那因受驚而杏眼圓睜的小臉。

「真是可愛到爆！實玖瑠，妳應該要更有自信一點。接下來到聖誕派對為止，妳就是SOS團專用的聖誕老人！這個職務妳當之無愧！」

「呼…」

朝比奈學姊可憐兮兮的嘆了一口長氣，不過春日這次真的說對了。應該不會有人反對吧？我特地朝長門望了一眼。那位嬌小的短髮無言女，仍舊默默地埋頭苦讀。

頭上也仍舊戴著那頂三角帽。

之後，春日叫我們排排站好，聽她精神訓話。

「大家聽好了！這個時期在街上看到聖誕老人也不可以興高采烈地黏過去。那些傢伙全是冒牌貨。正牌貨在地球上只會定點出現。實玖瑠，妳要特別留意，不可以隨便收受不認識的聖誕老人的東西，也不可以隨便答應別人的要求。」

這不該是逼迫朝比奈學姊當偽聖誕老人之後，所說的開場白吧。

這女人該不會活到這把歲數，還跟我老妹一樣相信那個國際義工爺爺是真的存在吧？像這麼一個曾對著牛郎織女星拚命許願的女人，會相信這種事也沒什麼好奇怪的。但我想她應該不會再搞出什麼名堂來吧。再怎麼說本社團教室已經有位聖朝比奈了。超越真品的贗作就在這裡。這樣就行了。要是再有什麼奢求的話，北歐三國恐怕會發動抗議。

我正在思索一年只工作一次的懶惰老人私吞的資金來源時，那女人又發話了：

「阿虛，聖誕派對當然要盛大舉行。不過由於今年太晚想到了，只能慶祝基督的誕辰，明年得連釋迦牟尼和穆罕默德的誕辰也一併慶祝才行。不然就太不公平了。」

乾脆連摩尼教和拜火教的開山教祖誕辰也一併慶祝算了。被不是信徒的人慶祝，此時在雲端上的祂們恐怕也會哭笑不得吧。雖然春日根本是醉翁之意不在酒，只是想拿各家教祖的誕辰當作熱鬧一下的理由而已。如果真要下天譴，拜託懲罰春日就好，我充其量只是個抬轎的。

正當我又在思索那時要找哪個神明喊冤時，春日瞄了我一眼，在團長席坐了下來。

「要吃什麼？火鍋？還是壽喜燒？螃蟹不行喔，我對那東西沒轍。還要從殼裡挖肉來吃我可沒耐性。為什麼螃蟹不進化到連殼也可以吃呢？難道牠們在進化的過程中沒學乖嗎？」

就是因為有學乖，所以才會長甲殼出來。螃蟹的祖先又不是為了方便妳吃，才在海底進行自然淘汰的！

古泉隨即舉手發言：

「那麼，我們就得跟店家訂位了。聖誕佳節就要到了，再不預約，恐怕會訂不到位。」

這小子介紹的店家，我實在是不太想去。難保到時不會有奇怪的店東在用餐時出現，演出曲折離奇的殺人喜劇。

「啊，這你就不用擔心了。」

或許是和我抱有同樣的想法，春日笑著搖了搖頭。接著又說道：

「直接在這裡舉辦就好。這裡設備一應俱全，只要張羅食材就行。對了，最好再帶個電鍋來。還有，嚴禁喝酒。我已經發誓這輩子絕對不再喝酒了。」

我希望她發的是別的誓。不過，我可沒聽漏了重點。

「要在這裡辦？」我開始打量社團教室。

這裡的確是備有陶鍋和小瓦斯爐，也有冰箱。每一樣都是春日在ＳＯＳ團草創期時，不知從哪個地方搬來的。她該不會就是想用在這種時候吧？儘管小瓦斯爐已是朝比奈學姊沏茶時的必備器具，但是學校會准許學生在老舊的社團大樓裡烹飪嗎？答案連想都不用想，因為那棟大樓嚴禁用火。

「沒問題啦！」

春日絲毫不受動搖，露出雖無廚師執照，卻技藝超群的小學生烹調師般的自信笑容說道：

「這種事就是要偷偷做才有樂趣。萬一學生會或是老師們闖進來，我就用我拿手的火鍋料理招待他們，他們一定會被那至高無上的美味感動得痛哭流涕，特別為我們法外開恩。這個計劃絕對是萬無一失，無懈可擊！」

既然是明明怕麻煩，做起事來卻比任何人都高竿的春日，想必她的廚藝也跟她的嘴巴一樣厲害吧？可是……火鍋料理？我們什麼時候決定要吃火鍋了？剛才不是只有談到螃蟹不行嗎？難道她又是假裝徵求意見，心中卻老早有定見——算了，她哪次不是這樣？不差這一次……

以上，是昨天才發生的事。當我將來龍去脈東刪西減大致告訴谷口時，不知不覺間已走到校門口。

「聖誕派對啊……」

進了校門後，谷口皮笑肉不笑的說道：

「的確像是涼宮會做的事，不過，要是在社團教室開火鍋大會的話，最好儘量避免被老師發現。不然事情會變得很麻煩。」

「你要不要也一起來？」

既然人家找我寒暄，乾脆就邀他過來。春日應該不會介意谷口來作客。畢竟這傢伙和國木田、鶴屋三人，早已是我們湊人數時很好用的三人組。

可是，谷口搖頭拒絕了。

「不好意思，阿虛。我那天可沒空和大家圍爐吃寒酸的火鍋料理。咭咭咭。」

幹嘛笑得那麼噁心？

「畢竟在聖誕夜找怪怪的朋友一起圍爐，是沒人愛的曠男怨女會做的事。很遺憾，我已經脫離曠男一族了。」

我心想：怎麼可能！

「我就是那個化不可能為可能的特例。我的記事本裡二十四日的地方確實劃了顆紅心。抱歉。真的很抱歉。真的，這次真的得對你說抱歉了！」

在我終日忙著和春日與ＳＯＳ團玩奇妙的遊戲時，谷口那笨蛋居然交到女友了？

「對方是誰？」

我儘量讓語氣不顯得又妒又羨，小心地詢問。

「光陽園女子學院的一年級生。還說得過去吧？」

光陽園學院。山下車站前的那間女校嗎？正好蓋在我們爬得上氣不接下氣的坡道起點。每天早上，我都會見到許多身穿黑色學生西服的女學生，像是一整排出巡的諸侯一樣走在路上。這所知名女校的學生多是上流社會的名媛千金，又不用天天爬累煞人的坡道，真叫人羨慕。啊，我可不是在羨慕谷口喔。

「這樣不是很好嗎？你不是也有涼宮了？你們要吃火鍋啊…她要親自下廚嗎？雖然火鍋就算是自己下廚也不會好吃到哪去…不過肯定能撐飽肚子。真叫人羨慕啊，阿虛。」

這痞子！我還奇怪他幹嘛沒事提起聖誕夜，搞了半天原來是想跟我炫耀！

「嗯～聖誕夜要去哪逛好呢。再不安排約會的行程不行了，傷腦筋。」

一臉愕然的我，這下更加無言。

這天，放學後沒發生什麼大事。我和古泉忙著用春日新帶來的飾物裝飾社團教室。春日自然是只出一隻手指頭頤指氣使。朝比奈學姊身穿聖誕老人服，忙著奉茶兼當吉祥物。長門今天也照樣被戴上三角帽，默默地看著精裝本。

一天就這樣過去。火鍋的食材還沒有決定。只有決定待會我得被外派當人工購物車。到底要煮什麼火鍋啊？摸黑鍋（譯註：一種遊戲會餐，在黑暗中把帶來的食材丟進鍋裡煮，摸黑著吃。）光聽就充滿了陰謀的味道，千萬不要叫我們吃摸黑鍋啊……

這篇序章實在太長了。不過，以上真的純粹只是序章。真正的主題，是從隔天才要開始。搞不好從今晚就開始了，不過，那不是重點。

隔天，是山風冷得快將人凍結的十二月十八日，發生了一件將我推落到恐怖的地獄深淵的大事。

在此，我要鄭重聲明。

那件事，我一點都不覺得好笑。

第一章

早上，一如往常，我遭到老妹的掀棉被必殺技攻擊，和身旁裹在毛毯裡的花貓一同醒來。

忠實執行母親命令的清晨頭一位刺客，就是我老妹。

「你一定要好好吃早餐，這是媽媽說的。」

笑咪咪地說完後，老妹就將蜷縮在床上的貓抱起來，用鼻尖碰碰牠的耳後。

「三味，你的早餐也準備好囉。」

校慶之後就成為我家家貓的三味線，無聊的打了個呵欠，開始舔起前腳。這隻原本會說話的雄花貓，已經喪失語言能力，在我家建立起賞玩動物的地位。有時，甚至會懷疑當初聽到牠說話的我是不是聽錯了。牠已經完全變成一隻隨處可見的平凡貓咪。不知道牠的貓語是不是也和人語一樣忘得一乾二淨了，幾乎沒聽牠叫。不吵人的貓咪固然是很好，只是不知為何牠總愛將我的房間當成牠的睡床，害得我拿那個勤於照顧牠所以時常出入我房間的老妹沒轍。

「三味、三味！吃飯了！」

哼著荒腔走板的曲子，老妹吃力地將貓抱出了房門。被清晨的冷空氣凍得起雞皮疙瘩的我，對著時鐘上的時刻瞪了老半天，終於放棄溫暖的被窩爬起來。

然後，我換衣服，盥洗完畢，走進餐廳，五分鐘吃完早餐，比老妹快兩步走出了大門。今天也是冷到爆！

到目前為止，都還和平常一樣。

照樣要爬坡上學的我，看到了一顆很眼熟的後腦勺。前方離我差不多有十公尺遠的那個身影，是谷口沒錯。平常他走這段山路的步伐都是相當輕快，今天卻走得異常緩慢。我很快就追上了他。

「嗨，谷口。」

偶爾由我來拍拍他肩膀也不壞。我正這麼想的同時——

「……哦，是阿虛啊。」

聲音聽起來很混濁不清。不過這是必然的，因為谷口戴著白色的口罩。

「你怎麼了？感冒了嗎？」

「啊………？」谷口有氣無力地說：「一看就知道我感冒啦。老實說我今天本來想請假休息，可是我老爸又囉唆個沒完。」

昨天還那麼有精神，今天就突然感冒啦。

「你在胡說什麼？我昨天就不太舒服了。咳咳咳。」

看到谷口咳個不停、病懨懨的模樣，我實在是很不習慣，連我的步調都被打亂了。可是，你昨天有像快要感冒的樣子嗎？我記得跟平常你吊兒啷噹的模樣看起來差不多呀。

「嗯…是這樣嗎？可是我沒有強打起精神啊。」

我不懷好意地笑了笑，對歪著脖子回想的谷口說：

「你還很高興的跟我說你聖誕夜有約了。沒關係啦，在約會之前把感冒治好吧。這種大好機會可是不常見。」

可是，谷口的脖子更歪了。

「約會？你在說什麼呀…咳咳。我聖誕夜哪有約啊。」

我才想問你到底在說什麼哩。你那位就讀光陽園女子學院的女友怎麼了？該不會昨天晚上被她甩了吧？

「阿虛，我跟你說正經的，你到底在說什麼？我哪有什麼女朋友。」

谷口不悅地閉口不語，繼續向前走。他的感冒症狀不像是假的，那副病弱的模樣也不像是演出來的。當然，他會如此沒有元氣，泰半也是因為約會泡湯了吧。那的確會讓一個人元氣盡失。加上他前一天才得意的跟我炫耀過，現在見到我當然更心酸。是吧？是吧？

「不要沮喪。」

我推了推谷口的背部。

「你還是來參加我們的火鍋大會吧。現在加入還來得及。」

「什麼火鍋大會？你們要在哪裡召開？我怎麼從來沒聽過……」

啊，是嗎？原來谷口受到的打擊這麼大，這段時間不管我說什麼，他都充耳不聞。好吧，那我就撤退吧。一切就留給時間這條偉大又悠長的河流來沖淡他的情傷。我也決定絕口不提這件事。

陪著舉步維艱的谷口，我慢慢地爬坡。

要我在這時候就發現不對勁，還真有點困難。

驚人的是，不知何時感冒已經蔓延了整個一年五班。我是等預備鈴快響了才走進教室，卻還是有好幾個人沒來。班上近兩成同學戴起了白口罩。我只能這麼想，本班同學的潛伏期和發病時間恰巧都一致。

更驚人的是我後面的座位，第一堂課開始了，它的主人還是沒有來。

「真稀奇。算了。」

春日也因生病缺席了嗎？今年的感冒病菌如此狠毒啊？想不到世上居然有敢闖入那女人體

內的病原體，真是勇氣可嘉！更讓人難以想像的是，春日居然會成為細菌或是病毒的手下敗將。若說她是在動什麼歪腦筋，而裝病請假去四處張羅，反倒比較說得通。除了吃火鍋之外，想必她還有什麼餘興節目吧。

教室內之所以寒氣逼人，看樣子似乎不是沒裝空調之故。怎麼會突然有這麼多人缺席呢？總覺得五班的總人數似乎損耗了不少。

後面沒了春日的壓迫感也是原因之一，就是覺得教室的氣氛變得不太一樣。漫不經心的上完上午的課，接著就是午休時間。

我從書包裡拿出冷掉的便當盒，國木田一隻手拿著午餐，坐到了我後面的位置。

「好像放假似的，我可以坐這裡吧？」

他一邊解開包著保鮮盒的餐巾一邊說。自從上高中同班以來，和這傢伙一起吃午餐幾乎已成為習慣。我搜尋另一個午餐飯友谷口的身影，他人不在教室裡。今天大概去學生餐廳了吧。

我將椅子轉向側邊——

「班上好像突然流行起感冒。不要傳染給我就好。」

「嗯嗯？」

在整齊攤開的餐巾上放好保鮮盒，開始大快朵頤的國木田，以疑惑的表情看了我一眼。他將筷子拿得像蟹鉗一樣，如此說道：

「感冒在一星期前就開始流行了。雖然不是流行性感冒。是的話反倒好，現在已經有流感疫苗了。」

「一星期前？」

我停下手邊翻攪便當裡的菠菜炒蛋的動作，回問他。

上星期好像沒人做出散播感冒病菌的行為呀。沒有人缺席，課堂上也沒有人咳嗽。一年五班的同學個個看起來都是健康寶寶，難道病魔是在我視線以外的範圍悄悄進行侵略活動嗎？

「咦？班上請假的人不少耶。你都沒注意到嗎？」

完全沒注意到。你是講真的嗎？

「嗯，真的。到了這星期更加嚴重。希望不要停課。否則寒假就會被刪減。」國木田扒了一口撒了香鬆的飯進嘴裡，又繼續說：

「谷口這陣子也是無精打采。他老爸的方針是生病可以靠活力治好，沒有發燒四十度以上，不准請假。我想他最好施點小手段，以免感冒惡化。」

我停下了筷子。

「國木田，我不是要吐你的嘈，但我認為谷口無精打采是今天才開始的。」

「咦？沒那回事！他從這星期開始就是那副死樣子了。昨天上體育課也只在旁邊看而已。」

我越來越混亂了。

慢著，國木田。你到底在說什麼啊？我記得很清楚，昨天的體育課，谷口就像是服了興奮劑之類的毒品似地，在足球紅白大賽的表現兇猛無比。敵隊的我好幾次都在他的腳邊鏟球，我不會記錯的。我不是嫉妒谷口交了女友，只是早知如此，昨天他應該收斂點的。

「咦？是嗎？……這就奇怪了。」

國木田一邊挑掉金平牛蒡的胡蘿蔔，一邊歪著脖子想。

「會是我看錯了嗎？」

語調聽起來很輕鬆。

「嗯——待會問谷口就知道了。」

今天到底是怎麼回事？谷口和國木田講的話都是謎霧重重，春日那女人也缺席。這該不會是春日以外的全人類將大難臨頭的前兆吧？我不可能會有的第六感正發出警戒警報的嗶嗶聲，一股涼意直竄上了後頸部。

真被我說對了。

我的第六感並不是廢物。那真的是前兆。我只是無法預測，到底要大難臨頭的人是誰……應該不是除了春日以外的全人類。因為我察覺到目前對這種事態感到困惑的居然只有一個人。

除了那個人，其他人並不覺得困擾。因為他們都還沒發現事態發生了。人絕對無法去認知一項在人的認知範圍以外的事物。他們並不覺得這世界有任何改變。

那麼，是誰感到困惑？

這還用問嗎？

就是我。

只有我在困惑中佇立，茫然地被世界留了下來。

是的，我總算察覺到了。

十二月十八日的午休時間，

具體化的有形惡兆，打開了教室的門。

「嘩——！」坐在教室前門附近的幾個女同學發出了歡呼聲。好像是有某位同學來上學了。

我從一擁而上的水手服縫隙中，瞄到了「那位」重量級人物的身影。

「那女人」一隻手拿著書包，對著圍過來的朋友們綻放笑容。

「嗯，我已經沒事了。上午去醫院吊完點滴就好多了。反正待在家閒著也是閒著，就來上下午的課了。」

「你是一邊吃便當一邊打瞌睡嗎？是不是作噩夢啦？一定是吧！那你也該醒了吧！」

綻放美麗的笑容，對著國木田說道「是吧？」尋求他同意的那女人，正是烙印在我腦海裡至今久久無法忘懷的那女人沒錯。

我的腦袋不斷地回顧各種影像。被夕陽染成橘紅色的教室——拖曳在地板上長長的人影——沒有窗戶的牆壁——扭曲的空間——揮舞的利刃——淺淺的笑容——不停落下宛如玻璃砂般的結晶體……

和長門大戰敗下陣來而被消滅、表面上說轉學到加拿大的那位前任班長——

朝倉涼子，現在就站在我面前。

「洗把臉就會精神多了。你有帶手帕吧？沒有的話我借你。」

見朝倉伸手進裙袋，我出手制止了。她掏出來的東西又不一定是手帕。

「不用了。倒是妳快點解釋一下這到底是怎麼回事？越詳細越好。尤其是妳為什麼會在春日的座位上放書包。那不是妳的書桌，是春日的。」

「春日？」

朝倉皺起眉頭，向國木田詢問：

「春日是誰？我們班有人叫這個綽號嗎？」

國木田給了一個幾乎叫我絕望的回答。

「聽都沒聽過。你說是……ㄔㄨㄣ ㄖˋ？怎麼寫？」

「春日就是春日啊。」

感到頭暈目眩的我嘀咕著。

「你們都忘了涼宮春日嗎？那種傢伙你們怎麼忘得了……」

「涼宮春日……嗯～我說阿虛啊。」

國木田用關心的口吻，緩緩地對我說：

「我們班上沒有這個人。況且上次換座位時，朝倉同學就一直坐在這個位置了。你是不是和你以前的班級搞混了？我對涼宮這個姓氏完全沒印象耶，起碼應該不是讀本校一年級的……」

「我也不記得有這個人。」

朝倉也是一副想勸我去養病的樣子，她以故作溫柔的聲音說道：

「國木田同學，幫我看一下桌子裡面好嗎？在最邊邊的地方有本班級名冊。」

我將國木田拿出的小冊子一把搶過來，馬上翻到一年五班那一頁，用手指沿著列有女生姓名的行列搜尋。

佐伯、阪中、鈴木、瀨能……

工智慧機器人的長門有希一定可以。那傢伙總是能解決一切。我這條小命說是託長門的福才能保住，也不為過。

如果是長門……

一定能將我從眼前的困境中解救出來。

長門的班級很近，不到幾秒就到了。我不假思索打開教室門，搜尋那個短髮的嬌小身影。沒看到。

不過，現在就絕望還太早。午休時間那傢伙大概會在社團教室看書。就因為她不在教室，就斷言長門也消失了，未免言之過早。

我第二個想到的是古泉。位於舊館的文藝教室離這裡很遠。朝比奈學姊的二年級教室也在對面的校舍。到樓下的一年九班比較快。古泉一樹，你可要好端端的待在那裡啊！我從未如此渴望見到古泉那張斯文的臉孔。

我小跑步飛奔過走廊，三步併作一步地跳下樓梯，直衝校舍角落的一年九班，心裡祈求那個超能力小子人在教室裡。

經過了七班、跑過了八班，前面就是一年九班了……

「……這、這是怎麼回事？」

我好不容易才停下腳步，再重新看一次掛在牆上的班牌。一年八班的左鄰是七班，而八班的右鄰則是——

連接逃生梯的休息平臺。

沒有，完全沒有九班的形影。

「沒有比這更扯的事了……」

別說古泉。

就連一年九班也消失了。

只能認輸了。

誰想像得到，昨天明明還在的教室只一天的光景就消失無蹤？這可不是單單失蹤一個人喔。而是全班同學都消失了，連校舍本身也縮水了。就算是連夜趕工好了，要在一夜之間毀屍滅跡到這種地步根本就不可能。九班的學生到底都消失到哪去了？

因為過於茫然，我對時間失去了感覺。不曉得在那裡站了多久，直到有人戳我背部，我才恢復神智。但是，抱著教科書，長得像泡泡糖人（譯註：在此是指電影「魔鬼剋星」的The Stay Puft Marshmallow man，又譯為軟糖寶寶。）的生物老師的聲音，我根本就聽不進耳朵裡去。

咚、叩。朝比奈學姊的書包和文房四寶組合掉到了地上。

「咦？啊、嚇！咦？啊，等一下，請問…」

「我是說，妳是來自未來的朝比奈學姊吧？」

朝比奈學姊聽了之後——

「……未來？請問你在說什麼啊？不過…請你先放開我好嗎？」

我的胃絞痛了起來。朝比奈學姊看我的眼神，活像是被人類豢養的高角羚看著野生美洲虎的眼神，流露出明顯的恐懼，這也是我最害怕的眼神。

就在我愣住的當兒，一隻手突然被抓住，扭了開來。關節發出聽了就不舒服的咯咯聲。好痛～！

「喂喂，少年仔！」

鶴屋學姊對我的手施展古流武術的絕招。

「不可以這樣突然衝過來。你看，我家的實玖瑠已經嚇得全身發抖了。」

雖然聲音中帶著笑意，鶴屋學姊的眼神卻像菊一文字（譯註：後羽鳥上皇命備前則宗一文字系的鍛冶師親自鍛冶的名刀，刀柄上刻有菊花花紋而得名。）那般銳利。我看了看朝比奈學姊，的確，她已是一副梨花帶淚，快要站不住的腳軟模樣。

「你是實玖瑠粉絲俱樂部的一年級學弟吧？凡事都有個先來後到。不可以偷跑喔。」

明天我這條小命還保得住嗎？我把朝比奈學姊惹哭了一事，萬一傳遍整個學校，跑來興師問罪的人肯定不是小貓兩三隻。換作是我，我也會這麼做。或許我先準備封遺書會比較好。

我快無計可施了。打春日的手機，聽到的永遠是電信業者的機器留言：「您撥的號碼是空號。」我沒記錄她家的電話，也沒有背，名冊也找不到春日的名字。雖想過上她家找人，可是仔細一想，我根本就沒去過她家。春日倒是來過我家。現在才想到要抱怨不公平也太遲了。

別說是消失的九班了，我甚至還去教職員辦公室詢問古泉和春日到底是在哪一班。真的很可悲。每一班的學籍資料都翻遍了，就是找不到涼宮春日的資料。名為古泉一樹的轉學生則並未轉入這間學校，根本是個從未存在過的人。

我真的束手無策了。

我的線索，一一斷了線。這會不會是春日主辦的尋人遊戲？是要我歷經千辛萬苦去尋找已消失無蹤的她，這樣的遊戲嗎？又是為了什麼？

我一邊走一邊思考。不知道是不是朝比奈學姊那一拳的關係，讓我的頭腦冷靜了點。生氣也沒有用。這種時候需要的是冷靜、冷靜。

「拜託了。」

我口中唸唸有詞，要前往的目的地只有一處。那是我最後的碉堡，最終的絕對防線。要是連這個都淪陷了，這一集真的就是完結篇了，一切到此為止。

社團教室大樓、通稱舊館的文藝社社團教室。

要是連長門也不在那裡，我就真不知該如何是好了。

我故意放慢速度，拖了許多時間往社團教室走去。幾分鐘後，我站在陳舊的木門前面，將手按在胸口數心跳。離平常的運轉速度是差得遠，可是跟午休比起來又好太多了。今天受到一連串的異常打擊，感覺也麻痺了吧。事情都到這個地步了，我決定豁出去。做好最壞的打算，一股腦兒地前進。

我跳過敲門的程序，猛力將門打開。

「…………！」

我看到了。

坐在鋼管椅上，在長桌的一角打開書本的嬌小人影。

（張大嘴巴，表情驚訝，透過眼鏡鏡片凝視我的長門有希。）

「妳在啊……」

遺棄的乳燕。長門是讓我保有清楚神智的唯一活路，否則再這樣下去我一定會瘋掉。

「不可能，不可能會這樣的。」

不行了，我又再度失去了冷靜。我的頭腦已經陷入有如三原色的流星群在亂舞一般的混亂狀態。我繞過長桌，走到長門身邊。

長門用白皙的手指將書本闔上。那是很厚重的精裝書，但我沒來得及看書名。長門一從椅子上站起來，我就往後退了一步，像剛磨亮的黑棋般晶亮的雙眸，困惑地轉來轉去。

我將手放在長門的肩上。雖然剛剛才嚇跑朝比奈學姊，但我實在沒時間記取教訓。我一心只想著：別讓長門逃了。況且，我不這樣抓著她，真怕再過不久，我認識的人都會從我的掌心溜走。我不想再失去任何人了。

我邊用手感受制服傳過來的體溫，一邊對著短髮下那張別過去的側臉說話：

「拜託妳快想起來。昨天和今天的世界完全變了樣。春日不見了，取而代之的是朝倉的出現。這樣的選手調度，到底是誰安排的？情報統合思念體嗎？既然朝倉復活了，妳應該知道什麼吧？朝倉不也是妳的同類？她一定有什麼企圖。起碼可以解釋給我聽吧——」

就像之前那樣，本來還想繼續的我，突然有種吞入的液態鉛擴散至胃腸的感覺。

這像是普通人一樣的反應，到底是怎麼回事？

眼睛緊閉的長門的側臉，像陶器一樣白皙的臉頰上染了抹朱紅。半啟的唇微弱的吐出嘆息，我才發現所抓住的纖細肩膀，竟像是在寒風中受凍的小狗那般顫抖個不停。顫抖的聲音傳進了我耳裡。

「住手……」

我回過神來，發現不知何時長門的背部已經貼著牆壁，似乎是我在無意識間將長門逼到了牆邊。我怎麼會這麼做？這樣的行為簡直跟暴徒無異。萬一被人家看到，在我放手的同時，就會受到社會的制裁。在孤男寡女的文藝社裡，我儼然成了朝乖巧的女社員伸出魔爪的畜生。客觀的來看只可能會被解釋成這種情況。

「抱歉。」

我雙手高舉，無力地說：

「我不是要對妳施暴。只是想跟妳確認一些事……」

我踉蹌了一下，就近拉了把鋼管椅，像個水份瀝乾的軟體動物渾身癱軟地坐了下來。長門仍然貼著牆壁，一動也不動。她沒有飛也似的逃出教室，我就該偷笑了。

我重新審視教室內部，一眼就看出這裡並不是ＳＯＳ團的秘密基地。這間教室的陳設，就只有書架、幾張鋼管椅、折疊式長桌和放在上面的舊式桌上型電腦。那也不是春日使詐從電腦研究室搶來的最新機種，而是足足落後三世代的老機種。就像是雙頭馬車和Linimo（愛知博覽會的磁浮列車）那樣的功能之別。

可能有點勉強，但我還是儘量避免引發她的警戒心，故作自然地站了起來。

「長門。」

我指著電腦背後。

「那個，可以借我玩一下嗎？」

長門先是很驚訝，爾後又顯得有些困惑。心情的變化完全寫在臉上。她的視線在我和電腦之間游移了三次，並大口深呼吸之後——

「等一下。」

她以生硬的動作將椅子搬到電腦前面，打開主機的電源開關，坐了下來。

要啟動那台電腦的作業系統，差不多需要花上剛買來的罐裝熱咖啡，溫度降到貓敢喝的程度的時間。在松鼠啃咬樹根般的聲音好不容易靜止後，長門快速操作滑鼠。在我看來，那不像是在移動檔案，而是在刪除。大概電腦裡有她不想被人看到的東西吧。這種心情我瞭解，我也不希望MIKURU資料夾被任何人看見。

「請用。」

長門用細柔的聲音說完，看也沒看我一眼，就又離開椅子，走回去當壁哨。

「不好意思。」

我坐下來後，立刻專注看著螢幕，運用我知道的所有技巧搜尋MIKURU資料夾和SO

S團網站的檔案，徒勞無功的感覺讓我雙肩垮下。

「……沒有嗎？」

怎麼樣都找不到聯繫，到處都沒有春日存在過的證據。

當我在想剛才長門藏起來的資料不知是什麼時，就感受到背後射來監視般的視線。一副若是不想被看到的東西被發現的話，就準備馬上將電源線拔掉的態勢。

我站了起來。

看來線索不在這台電腦裡。我真正想找的不是朝比奈照片集，也不是SOS團的網站。而是想找找看裡面會不會有春日和我被困在閉鎖空間時，曾出現過的長門的暗示訊息。可是，這份期待卻狠狠地揮棒落空。

「打擾了。」

疲倦的說完，我就朝門口走去。回家吧，然後好好睡一覺。

這時，發生了一件意外的事。

「等一下。」

長門從書架的空隙抽出草紙，猶豫不決地站在我面前。然後，看著我的領結附近，說道：

「如果可以…」

她伸出了一隻手。

兩下。

「啊，你回來了！」

老妹笑逐顏開的抬頭看著我說：

「晚餐很快就好了。要吃飯了，三味！」

三味線也看了我一眼，馬上打了個呵欠，有一搭沒一搭地應付老妹的逗貓棒大作戰。

對喔。還有這些傢伙留下來。

「喂。」

我將逗貓棒一把搶過來，朝老妹的額頭大力拍下去。

「妳記得春日嗎？記得朝比奈學姊也好。長門呢？古泉呢？妳們有沒有一起打過草地棒球，一起拍電影？」

「阿虛，你在說什麼啊？我不知道。」

接著，我抱起了三味線。

「這隻貓何時來我們家？是誰帶來的？」

老妹圓滾滾的眼睛睜得更圓了。

「嗯～～上個月吧。是你帶回來的，不是嗎？你朋友去了國外所以把貓送你。是吧，三味？」

從我的手搶走花貓，老妹寵溺地用臉頰磨蹭牠。愛睏的眼睛瞇成一條線的三味線，用了然

第二章

像在大悶鍋裡悶了一天的十二月十八日結束了，新的一天來臨。

十二月十九日。

學校從今天開始進入課程縮短期（譯註：日本的學校或是因應酷暑或是讓學生準備大考等原因，會在某時期縮短上課時數。）本來應該要更早實施的，偏偏上次全國模擬考總成績輸給了市立的敵校，大發雷霆的校長從此高唱升學率掛帥，硬是將學校的行事曆做了更動。這段歷史似乎並沒有改變。

有變動的，好像只有我的周遭、北高、和ＳＯＳ團周遭的人事物。沒來得及釐清這到底是什麼人的陰謀，我就來上學了。結果發現五班又有更多人缺席。今天沒看到谷口的人，他總算發燒到四十度了吧。

還有，坐我後面的仍然不是春日，而是朝倉。

「早！今天有沒有清醒一點？有的話就好。」

「還好。」

我板著一張臉，把書包擱在桌上。朝倉托著腮幫子，繼續說：

「可是，不是眼睛睜開就等於清醒了喔。要確實掌握映入眼簾的人事物，才有助於理解。你呢？你掌握到了沒？」

「朝倉。」

我轉身面向朝倉涼子，審視她那端正的五官。

「妳是真的不記得，還是在裝傻？拜託妳老實告訴我吧。妳真的沒想過要殺我嗎？」

朝倉涼子臉色一沉，又露出了那種好似在看一個病人的眼神。

「……看來你還沒清醒。我勸你還是快去醫院看病比較好，以免延誤病情。」

一說完，她就逕自跟隔壁的女生說說笑笑，完全不理睬我。

我又將身子轉了回來，雙手抱胸瞪視空中。

這樣的比喻不知道好不好？

某地方有某個非常不幸的人。不論就主觀或客觀的角度而言，那個人都是相當不幸，具體呈現了連在晚年悟道成佛的悉達多王子（譯註：釋迦牟尼佛的本名。）都會覺得不忍卒睹的不幸遭遇。一夜，他（其實用「她」也是可以，但分男分女太麻煩了，在此統稱為他）一如往常在不幸的煎熬下就寢，隔天一早醒來，發現世界完全改變了。那個世界完美到稱之為烏托邦仍稍嫌不足。他從頭衰到腳的不幸都被一掃而空，取而代之的，是盈滿身心的幸福感。再也不會有任何苦難降臨到他身上。這全多虧在那一夜，某人將他由地獄帶上了天堂。

當然，這件事完全不是他自己的主意。將他帶走的，是他不認識的陌生人，也不知道那個人長得是圓是扁，更不知道對方為何要這麼做。相信這個答案也是無人能解吧。

在這種情況下，他應該會相當開心吧。世界既然改變了，那他就不會再遇到不幸。只是，那個世界和他原本所待的世界有些微的不同。至於為何會這樣，則成了不可解的最大謎團。

儘管如此，他還是對得到幸福的事實推崇備至，衷心感謝那個人吧。

不消說，那個「他」當然不是我。程度差太多了。

啊……就連我自己也覺得這個比喻太糟。前一天的我，既稱不上是在不幸的谷底，現在也稱不上是置身於幸福的天堂。

但是，倘若不去考慮程度問題，可說是雖不中亦不遠矣。我以前也是成天為了春日的怪主意，搞得自己神經兮兮的呀！現在那些怪主意，卻像是永遠跟我無緣了。

可是——

這個世界既沒有春日，也沒有古泉；長門和朝比奈學姊都是普通人，ＳＯＳ團更是連個影子都還沒生出來。既沒有外星人也沒有時光旅行更沒有ＥＳＰ。而且貓咪也不會說話，是個再普通也不過的世界。

怎麼樣？

拿之前和現在的狀況相比較，哪一個比較適合我呢？哪一邊的生活，我過得比較開心呢？

現在的我稱得上幸福嗎？

放學後，我又習慣性地朝文藝教室移動。如果每天都重覆做同樣的事，就算不去想，身體也會自然而然的行動。就像我們洗澡，並沒有特別想先洗哪個部位，卻總是機械化地照往常的習慣行動，是同樣的道理。

我每天只要一放學，就會習慣性地來ＳＯＳ團走走。喝朝比奈學姊泡的茶，和古泉玩玩遊戲，聽聽春日的胡言亂語。如果說這樣的習慣算是惡習，想必也是積重難返的惡習了。

可是，今天的情況有點不一樣。

「這個，該怎麼辦？」

我邊走邊看空白的入社申請書。這是昨天那個長門拿給我的，意思是要拉我入社吧？可是，至於她為何要拉我入社，我就不解了。是沒有其他社員加入，文藝社就會面臨廢社的危機嗎？話又說回來，她居然敢拉我這個突然現身向她撲上去的人入社，實在是勇氣可嘉。唯有長門在這個變了樣的世界，還是一樣有點古怪嗎？

「嚇！」

前往社團公寓的途中，我又遇上了朝比奈和鶴屋兩位學姊。一見到我，就嚇得往鶴屋學姊身旁鑽的可愛學姊真是教我心痛。我向她們致意後便快步離開。真希望能再度回到有幸品嚐那甘露的日常生活。

這次，我事先敲了門。聽到細小的回應聲後，教室門才打開。

教室內的長門，視線在我的顏面表皮上游走了一會，又移回手上的書。推了推眼鏡的動作，看起來像是在對我致意。

「我又來了，可以嗎？」

小小的頭顱點了點。可是目前她最關心的似乎是手上那本打開的書，連頭都沒抬起來。

我將書包立在一旁，思索著接下來該採取什麼樣的行動，偏偏這間冷清的教室，連個可以拿在手上的小道具都沒有，我只好盯著書架看。

書架上排滿了大大小小的書籍。精裝本比文庫本和小說還多，可見這位長門也喜歡厚重的書籍吧。

沉默。

長門慣有的沉默，我應該早就習慣了，可是在今天這個場合，我卻覺得有點難以忍受。不設法打破沉默的話，我會更加不安。

「這些全都是妳的書嗎？」

她很快就有了回應。

「也有前人留下來的。」

長門讓我看她手上那本精裝本的封面，

「這本則是去市立圖書館借的。」

上面貼有市府公物的條碼貼紙。護貝過的封面折射的日光燈光線，使得長門的眼鏡在一瞬間閃亮起來。

談話結束。長門再度埋首在厚重的書本中挑戰默讀，我又失去了一席之地。

難受的沉默快讓我窒息。我思索可能接得上話的話題，吐出了適當的語句：

「妳會自己寫小說嗎？」

對方大概停了四分之三拍。

「我只看不寫。」

我沒有錯過那隱匿在鏡片後的視線移向電腦的一瞬間。哦～原來她在電腦借我之前進行的前置作業就是為了這個啊。我很想看看長門寫的小說。這傢伙到底都寫些什麼？應該是科幻類的，總不會是愛情小說吧？

「…………」

和長門聊天原本就很難。在這一點上，就連這位長門也是一個樣。

我再度面對書架，進行無言的修行。

我不經意地瀏覽架上的書時，突然被某一本書的書背給吸引住了。

這個書名我有印象。記得是在ＳＯＳ團蓬勃發展的初期，長門借我的國外科幻大長篇第一集，是本以茫茫字海傲視群倫的書。當時還是眼鏡妹的長門，沒先問我的意願，就將那本書塞給我，說：「借給你。」就走了。那本書我整整花了兩週才看完。總覺得那像是好幾年前的往事了。實在是後來發生了太多事。

由於感到莫名的懷念，我將那本書從書架上抽了出來。這裡不是書店，我也沒有像在書店站著看免錢的人看得那麼認真，只是隨意翻了翻，正要將書本放回原處時，一張長方形的小紙條掉出來，落到了我的腳邊。

「這是什麼？」

將紙條撿起來一看，是張上面印著花朵圖案的書籤。很像是書店老闆隨意放入袋裡的那種

——書籤？

我的視界像是旋轉了起來。對了，那時候……我在我的房間翻開這本書時…也發現了一張

和這張一模一樣的書籤……然後，我就跳上腳踏車飛奔而去……那張書籤背後的字句，我甚至可以默背出來。

晚上七點，在光陽園車站前的公園等你。

我屏住了氣息，用顫抖的手指將書籤翻到背面——看到了。

『備妥程式啟動條件・鑰匙。最後期限・兩天後。』

從精裝本掉落的書籤背面，留有這則以明體寫成，日期不明的留言。

我立刻轉身，三步就來到長門看書的桌前。盯住她睜得大大的黑色眼眸說：

「這是妳寫的嗎？」

我把書籤的背面給長門看，她歪著頭想了一想，表情困惑地說：

「是很像我的字，可是…我不知道耶。我不記得寫過這個。」

「……是嗎？這樣啊。嗯，沒關係啦。妳知道的話，我反而傷腦筋。我只是有點在意。沒事沒事，我只是問一問……」

嘴裡忙著辯解的我，其實心早就飄到了九霄雲外。

長門。

妳果然留下了訊息給我！即使是枯燥無味的一行字，我也很高興。我可以當它是我熟識的妳，送給我的禮物吧？這一定是打破目前僵局的某種提示。否則幹嘛寫得如此故弄玄虛？

程式。條件。鑰匙。期限。兩天後。

……兩天後？

今天是十九日。是從這一刻起往後推兩天，還是從世界丕變的昨日算起？最壞的情況下，期限就是二十日，也就是明天。

這枚單發的驚喜，像是緩緩流出的岩漿一樣，又慢慢地冷卻掉。我不是很能理解上面的字句，乍看之下好像是要收集鑰匙之類的東西，來啟動某種程式。可是，鑰匙？是什麼鑰匙？掉在哪裡？有幾支？假如全部湊齊了，是不是可以拿到某個地方換贈品？

好幾個問號在我頭上盤旋，最後集結成了一個超大的問號。

只要啟動那個程式，世界就會恢復原樣了嗎？

我快速將書架上的書一本本抽出來，又一本本放回去，想檢查看其它書是不是也夾有書籤。沐浴在長門目瞪口呆視線下的我費時費力的結果，收穫是零。沒有。

「只有這張啊。」

算了，萬一期望太多，拿到很多土產，結果被重量壓得寸步難行的話，不就又回復到原來的木阿彌（譯註：木阿彌是真有其人。此典故源自於日本戰國時代武將筒井順昭病逝，為了隱瞞他的去世，找來聲音近似的男人木阿彌臥床欺敵，直到其子順慶長大成人，才將順昭病逝一事公諸於世。木阿彌又回復到原來的身分。）了？行事漫無目的，碰到什麼就動什麼的話，只會浪費時間和生命值。總之，首先得找出鑰匙。雖然離山頂還很遠，可是總算是有個方針了。

詢問過長門之後，我將便當放在桌上打開，坐在長門的斜對面一邊吃中飯，一邊思考。長門不時會偷偷打量我，但我只是機械化地動著筷子，拚命將營養往大腦送，這才是當務之急。

不知不覺吃完了便當，正想點茶來喝時，才發現朝比奈學姊不在，只好沮喪地繼續思考。現在可是關鍵時刻，不能白白浪費得來不易的提示。鑰匙！鑰匙！鑰匙鑰匙⋯⋯

我大概就這樣思索了有兩個小時之久吧。

就在我快吃不消自己的愚蠢，眼看著就要被自我厭惡給打垮時，我開始碎碎唸了起來。

「一點頭緒都沒有！」

線索只有鑰匙，實在太籠統了。這裡的鑰匙指的應該不是真正可以上鎖的鑰匙。大概是指KEYWORD的KEY，或是KEYPERSON的KEY吧？即使如此範圍還是太廣了。這到底是道具還是台詞？是帶得走的還是帶不走的？真希望有提供選項讓我選擇。就算試圖解讀長門寫下書籤的思考邏輯，我想得到的還是只有那傢伙閱讀艱澀書本時的內心景象。雖然有如天降甘霖般令人感激，但內容卻枯燥到讓人想打盹的說明，這和我所認識的長門印象一致。

我突然想知道長門在做什麼，朝斜對面看了過去，這個世界的長門像是睡著了似的一動也不動。不知道是我的錯覺還是怎樣，她手上那本書感覺一點進展也沒有。但是，她沒有在午睡。證據就是長門知道我在偷看她，臉頰又開始泛紅。這個世界的文藝社員長門本來就是這麼容易害羞的人嗎？還是不習慣受人注目？

外表一模一樣的女生，卻有著截然不同的反應，感覺真的很新鮮。我故意更深入的觀察。

「…………」

顯而易見，她目光的焦點是鎖定在書本的文字上，卻一個字也沒讀進去。微啟的唇無聲地呼吸，輕微的胸部起伏運動也變得清晰可見。吹彈可破的雙頰更是越來越通紅。說句真心話，這樣的長門有點——不，是相當可愛。那一瞬間我真的覺得，其實順其自然加入文藝社，留在沒有春日的世界裡悠哉享樂也不壞。

可是，還不行。還不到自暴自棄的時候。我從口袋取出書籤，小心握在手裡避免摺到。長門會如此大費周章地留下訊息，就表示戴著三角帽照閱讀不誤的長門還需要我。而我也是。我還沒吃到春日親手烹調的火鍋料理，也還沒將聖朝比奈的倩影烙印在眼瞼上。和古泉玩得正起勁的遊戲，也因為忙於佈置教室而中斷了。繼續廝殺下去的話，我一定會贏。如果回不去原來的世界，我就少賺了一百圓。

西移的日光從窗外照射進來，已到了傾斜的太陽變成巨大的橘色火球，隱沒在校舍背後的時間。

一直坐著不動也是很累，何況就算再繼續絞盡腦汁，也榨不出任何有益的東西。於是我站了起來，伸手去拿自己的書包。

「我要回家了。」

「是嗎。」

不知道長門到底有沒有在閱讀，只見她闔上了精裝書，收進自己上學的書包，站了起來。她該不會一直在等我說那句話吧？

我對著那具隻手拿著書包，在我開始邁開步伐前，站在原地一動也不動的身體說：

「喂，長門。」

「什麼事？」

「我記得妳是一個人住吧？」

「……對。」

她一定在想，我怎麼會知道吧。

正想要問她有沒有家人，一見到她的眼睫毛悄悄垂了下來，就打消了念頭。我想到了那個沒什麼家具的房間。第一次去是七個月前，想到那波瀾狀闊的宇宙電波內容，各方面都讓我害怕。第二次造訪是在三年前的七夕，當時我是陪伴朝比奈學姊前去。和第一次相比，因為第二次比第一次在時間上來得更早，想來我也算做了件很神的事。

「妳要不要養貓？養貓不錯喔。雖然牠們的態度悠哉悠哉，但是我覺得牠們很善解人意。就算貓會說話，我也不會太驚訝，這全都是我真實的感受喔。」

「我那邊禁養寵物。」

說完又靜默了好一陣子。眨眨悲傷的眼眸，吸氣的聲音有如燕子凌風而過的聲音一般，吐出了清脆的聲音。

「要來嗎？」

長門看著我的指尖。

「去哪？」我問。

我的指尖聽著她的回答。

「我家。」

大約沉默了二分休止符之後，我說：

「……行嗎？」

這到底是怎麼回事?她到底是害羞，還是膽小，抑或是積極的人，我都搞不清楚了。這位長門的精神狀態一點也不連貫。還是說，這時期的高一女生平均的精神狀態都有如鯨魚座α星的變光周期那樣不規則嗎?

「行。」

長門像是急於逃開我的視線，快步走出去。關掉社團教室的電燈，打開門，身影就消失在走廊上。

想當然，我追了上去。長門家耶。高級分售型公寓的708號室。偷看一下客房也好。也許會發現新的提示也說不定。

假如，還有另一個我睡在那裡，我一定馬上把他叫醒。

從學校回家的路上，我和長門都沒有對話。

長門不發一語，筆直地向前走。以快被冷冽強風給吹走似的步調走下坡道。我看著那顆被風吹得亂蓬蓬，參差不齊的羽毛剪短髮的後腦勺，只能公事化地淡然移動自己的兩腳。沒有可以打開話匣子的話題，加上我又不知為何，覺得別問她為何要邀我去她家會比較好。

走了好一段時間，長門終於抵達那棟高級公寓。這是我第幾次來了?算算去過長門的家兩次，去朝倉家時又來過一次，還有一次是爬上了頂樓。

對著玄關的電子鎖鍵入密碼，開了鎖後，長門就頭也不回地一腳踩進大廳。

在電梯裡，她也是一語不發。來到七樓的八號室門口，插入鑰匙、打開門，打出請進的手勢後，就逕自走進屋內。

我也一語不發地進入屋內。屋內的格局就是我記憶中的樣子，沒有改變。空盪盪的房間。客廳除了一張暖被桌外，空無一物。也一樣沒有裝窗簾。

接著，我看到了客房。有紙門隔著的那間房間，應該就是——

「我可以看看這個房間嗎？」

我詢問正端著陶壺和茶杯，從廚房走出來的長門。長門慢慢地眨了一下眼睛後——

「請。」

「不好意思，打擾了。」

紙門好像裝有滑輪似的，一拉就滑開了。

「…………」

只有榻榻米。

算了，也好。我可不想再回到過去……

將紙門重新關上，我攤開雙手，給一直盯著我瞧的長門看。在她看起來，我的行動想必是毫無意義吧。可是，長門什麼也沒說，只是在暖被桌上放了兩個茶杯，慎重其事地正坐坐好，開始倒茶。

我在她的對面盤腿坐了下來。記得第一次來時也是這樣。當時我不自覺地灌了好幾杯長門泡的茶，然後聽那位宇宙人大唱獨角戲。記得那是在炎熱的新綠季節，與目前的酷寒相較之下，簡直是恍若隔世。現在甚至覺得連自己的心也跟著變冷。

我們面對面默默地喝茶，長門垂下了眼鏡後的眼眸。

看起來長門似乎在躊躇什麼。一度像是下定決心似的抬起頭來看我，卻欲言又止的低下頭去，在不斷重覆這樣的動作之後，她放下了茶杯，以硬擠出來的聲音說道：

「我曾經見過你。」

緊接著又補上一句：

「在校外。」

哪裡？

「你記得嗎？」

記得什麼？

「圖書館的事。」

我的腦袋深處頓時響起了一聲像是齒輪卡住的聲音。我想起來了，我和長門在圖書館的歷歷過往。值得紀念的尋找不可思議事件之旅第一彈。

「今年的五月，」

長門低下眼眸說道：

「你幫我填寫借書單。」

我的精神受到電擊，停止了動作。

……是的。不這麼做的話，根本就無法將妳從書架前拉開。春日的奪命連環叩活像騷擾電話響個不停，為了火速趕往集合現場，我不得不那麼做…

「妳…」

可是，長門接下來的說明，卻和我記憶中的情況大不相同。根據這位長門唸在嘴裡的小聲說明，當天的情況是這樣的——

五月中旬左右，首次踏進市立圖書館的長門，不知道借書單要怎麼填寫。其實只要跟圖書館員問一聲就好，可是人數稀少的圖書館員個個又都很忙。加上她個性畏縮又不擅言詞，遲遲提不起勇氣發問。這時，一位男高中生經過。看到她在櫃檯前走過來又走過去束手無策，實在是看不下去了，就主動替她跑所有流程，幫她辦妥了借書手續。

而那個人就是——

「你。」

長門將臉轉向我，視線大概交會了半秒鐘，又落在暖被桌上。

「…………」

這個刪節號恰恰說明了我和長門之間的狀態。沒有家具的客廳再度回歸靜默，我又無話可說了。因為我實在無法回答她我究竟是記得還是不記得。這傢伙的記憶和我的記憶，就狀況而言，有相當奇特的不同。我幫她填寫借書單是事實，但可不是偶然路過，帶她去那裡的根本就是我。當時，我們放棄了找也找不到的不可思議搜查行動，選擇圖書館作為消磨時間的場所。要忘記默默跟著我的長門穿著制服的身影，就算我的記性差到只有海葵幼體的程度，也不大可能。

「…………」

長門會如何看待我的無言呢？只見她嘴唇有點小難過地扭曲了，纖細的指尖描著茶杯的邊緣。看到她的指尖微微的顫動，我更加說不出話來。事實上，我也什麼話都沒說。

其實我只要回她說記得，事情就簡單多了。那個答案也不完全是錯的。我們只是互有抵觸罷了。而且在這種情況下，這個抵觸才是最大的難題。

為什麼我們的記憶會不一樣呢？

我所認識的外星人不知到哪裡去了。只留下一張書籤。

叮——咚。

室內對講機的鈴聲打破了這似乎會永久持續的沉默。這突如其來的響聲，著實讓我嚇了一大跳，幾乎就直接坐著彈跳到外太空了。長門也吃了一驚。只見她的身體顫抖不止，看向了玄關。

門鈴又響了。是新的訪客嗎？可是會有誰來造訪長門呢？除了收費員或是宅配人員，我實在想不出還會有誰。

「……………」

長門像一縷才剛脫離肉體的幽魂，輕手輕腳地向著牆邊移動。只見她操作對講機的介面板，側耳傾聽某人的聲音。接著又回頭看我，露出略顯困惑的神情。

她輕聲細語的對著話筒說道「可是……」，「現在有點……」這類聽起來像是婉拒的語句，不過——

「請等一下。」

像是拗不過對方似的如此低聲說道後，長門幽幽走到玄關，打開大門的鎖。

「哎呀？」

用肩膀推開大門進來的少女劈頭就說：

「你怎麼會在這裡？長門同學居然會帶男生到家裡來，真是不可思議。」

雙手高舉著鍋，身穿北高制服的少女，用腳尖抵著門口的地板，靈巧地脫下鞋子。「該不會是你硬逼著人家讓你進來的吧？」

妳這女人又為什麼會在這裡出現呢？我萬萬也沒想到，會在教室以外的地方看到妳這張臉。

「我可是來當社會義工的，你在這裡才讓我意外呢！」

那張笑臉可人的秀麗臉龐，就是我們班的班長，坐我後面的那女人。

來的人，正是朝倉涼子。

「我份量煮太多了，有點燙喔，又很重。」

朝倉微笑著將大鍋子放在暖被桌上。這個時節到便利商店，一進門就會聞到這種香味吧。鍋子裡放的正是關東煮。是朝倉自己煮的嗎？

「是啊。這種料理可以一次煮一大鍋，又不會很麻煩。煮太多時，也可以像這樣分送給長門同學打打牙祭。不然長門同學平常都嘛是隨便吃一吃。」

長門正在廚房準備盤子和筷子。傳來了食器碰撞的聲音。

「然後呢？你不跟我說說你為什麼會在這裡的理由嗎？我很好奇耶。」

我不知道要如何回答。我會來這，是因為長門邀請我來，但是我又不知道她為何邀請我。是為了跟我講圖書館的事嗎？那在社團教室講不就得了？我會跟來，也是想說搞不好可以在這裡找到鑰匙或是有用的線索。但我又不能一五一十照實說。只怕又會被當成頭腦秀逗的人。

我只好隨口亂掰：

「啊——嗯～我和長門回家的方向是一樣的……對了，我剛好在煩惱要不要加入文藝社，就跟她邊走邊商量。走著走著，就來到了這棟公寓附近。因為事情還沒討論完，長門就請我到她家來坐坐。不是我硬要來的。」

「你想加入文藝社？不好意思，你完全不是那塊料。你喜歡看書嗎？還是想自己寫東西？」

「我就是在煩惱今後要走閱讀還是寫作路線呀！不然我幹嘛找她談。」

暖被桌上，掀開鍋蓋的鍋子香味四溢，叫人食指大動。高湯裡隱約可見的水煮蛋，呈現出入味的漂亮色澤。

正坐在我左斜前方的朝倉，用奇妙的眼神看著我。假如眼神有質量的話，我的太陽穴早就開出一個小洞了——就是那樣危險的眼神。是我多疑嗎？以前的朝倉曾經在中途化為殺人鬼，可是我看得出來，現在的朝倉落落大方的態度背後有種明確的自信。我想這鍋關東煮一定比外面賣的還要美味。這讓我感到莫名的壓力。畢竟我目前在各方面都沒有自信，只能打帶跑而已。

我直覺自己應付不來眼前的狀況，於是拿起書包準備走人。

「哎呀，你不吃啊？」

朝倉揶揄的口氣，讓我益發無言，躡手躡腳地走出客廳。

「啊。」

我差點撞到從廚房出來的長門。長門在層疊的小盤子上放了筷子和管狀的黃芥末醬。

「我要走了，打擾了。」

當我正欲轉身離去時，手臂上頓時被施加了有如羽毛般輕柔的力道。

「……………」

那是長門悄悄地用手指抓住我的衣袖。簡直就像是在抓剛出生的黃金鼠寶寶一樣，那麼微小的力道。

表情也是一副很脆弱的樣子。只見她頭低低的，僅用手指輕輕觸碰我的衣袖。是不希望我回去嗎？還是她跟朝倉單獨相處會很不自在？但是當我看到似乎顯得很難過的長門，就覺得不管理由是哪一個，都不重要了。

「——想歸想，我還是要吃。嗯，肚子快餓死了。若不先填點東西，我恐怕會回不了家。」

手指總算離開了。總覺得心裡有點捨不得。我從沒見過長門以如此普通的方式明確示意。感覺好稀罕。

見到我又盪回來客廳，朝倉的眼睛瞇了起來，似乎在說：我就知道。

我的味蕾不斷在尖叫：「好吃！」，內心卻是食不知味，吃了什麼碗糕都不曉得，只是一味地將關東煮的料往嘴裡塞。長門小口小口的吃，光是啃條海帶就花了三分鐘左右。在場唯一談笑風生的人就只有朝倉，我始終都是含糊其詞帶過去。

像是在地獄門前露營一般的用餐風景約莫持續了一小時，肩膀都僵硬了。

終於，朝倉站了起來。

「長門同學，剩下的份，妳再拿個容器裝起來，放進冷凍庫冰。鍋子我明天再來拿，妳在那之前洗好就好。」

我也跟著站了起來。心情就像是解開了枷鎖那樣暢快。長門微微點了點頭，低著頭送我們到門口。

確認朝倉走遠後，

「那麼，我走了。」

我對著門口的長門小聲說道。

「我明天還可以去社團教室吧？放學後，除了那裡，我也無處可去。」

長門目不轉睛地盯著我看，然後……

微微的，卻很明確地笑了。

我感到一陣目眩神迷。

坐電梯下樓時，朝倉面帶笑容的說道：

「你喜歡長門同學啊？」

是不討厭她？如果要我在喜歡或討厭中選一個，當然是前者；我原本就沒有討厭她的理由。何況她又是我的救命恩人，是吧。朝倉，當初從妳的兇刀下救了我的就是長門有希，我怎麼可能會討厭她呢？

……可是，我又不能這麼說。畢竟這個朝倉似乎不是那個朝倉，長門也是。在這裡，只有我好像哪根筋不對，而大家都成了普通人。連SOS團也不存在。

我的悶不吭聲，美女不知道是怎麼想的，輕輕哼了一聲。

「大概沒這可能吧。是我想太多了。你喜歡的應該是更特立獨行的美眉，長門同學根本不是那一型的。」

「妳怎麼知道我喜歡哪一型？」

「我無意間聽到國木田同學說的，聽說你從國中起就這樣？」

那小子！竟然到處去給我亂宣傳。根本就是國木田自己誤會了，拜託妳當作沒聽過。

「你給我聽好了，你如果想跟長門同學交往，一定要好好想清楚。否則我饒不了你！別看她那樣，其實長門同學的心靈可是很脆弱的。」

朝倉如此關心長門到底是為了什麼？在我那個世界，朝倉是長門的輔佐人員，關心她還情有可原。只是到最後，朝倉突然抓狂就被消滅了。

「畢竟我們住在同一棟公寓。總覺得不能放著她不管。每次一看到她，就覺得她實在很需要人照顧。不知不覺就想要守護她，你說是吧？」

我聽得似懂非懂。

談話到此結束，朝倉在五樓出了電梯。記得她是住505號室。

「明天見。」

朝倉對著我展開的笑靨，隨著電梯門逐漸闔上。

從公寓走出來，天色已暗下來，外面的空氣就像是生鮮食品冷凍庫裡那樣冰冷。颼颼吹的冷風，不僅帶走了身體的熱能，連熱能以外的也奪走了。

本來想去跟管理員爺爺打個招呼的，最後還是作罷。管理員室的玻璃窗關得緊緊的，也熄燈了。大概睡了吧。

我也想回家睡大頭覺。只能在夢中見到她也好。那女人可是有本事能在無意識間闖入他人夢境裡的。

「不管在不在都是個大麻煩，起碼在關鍵時刻跳出來管閒事不為過吧。偶爾聽聽我的請求也好……」

就在我對著夜空盡情傾訴時，突然察覺到自己在想些什麼，這叫我吃了一驚。竟然有股衝動，想將我這顆竟然會起這種可恨想法的頭顱狠狠往某處撞。

「怎麼會這樣？」

吐出的話語，化為白色的氣息，消散在空氣中。

我好想見春日。

第三章

十二月二十日。

世界不變的第三天早晨，我從一夜無夢的睡眠中醒來。和往常一樣，抱著胃裡像是被塞入好幾打三十厘米子彈似的心情，從床上坐起身來，睡在棉被上的三味線突然滾下床，在地板上將身子攤了開來。我輕輕踩著牠的肚肚，嘆了一口氣。

妹妹從房間門口探頭進來。見到我醒了，表情似乎很遺憾。

「問你喔，三味有講話嗎？」

從前天晚上，她就一直在問這個。我的答案也還是老話一句。

「沒—有。」

我猶在回味包覆住腳趾的貓毛柔軟的觸感，老妹就哼著自己編的「喫飯之歌」，抱著三味線離去。當貓真好。工作就只有吃飯、睡覺和梳毛。真想跟牠交換一天看看。搞不好變成貓後，三兩下就找到我要找的東西了。

沒錯，我還沒找到鑰匙。也不知道所謂的鑰匙究竟是什麼。還有系統啟動條件。今天一天不做點什麼的話，這個世界就會照常運轉下去。說不定還會變得更恐怖。期限⋯⋯幹嘛要設定那種東西？光是期間限定服務就夠長門頭痛了是嗎？

我在事情毫無進展的情況下上學去。陰霾的天空彷彿快飄雪似的，在眾人頭上擴展開來。今年或許會有一個白色聖誕節。不僅會飄雪也會積雪。近年來這一帶都沒有做過積雪觀測，但是以今年冬季的寒冷度應該綽綽有餘。如此一來，春日一定會比狗兒還興奮，著手籌備冬季的活動吧。假如春日在的話。

一路上沒有事物吸引我的眼光停留，我就如往常一樣朝著北高，努力爬坡，抵達一年五班的教室。由於氣力的貧乏反映在體力上，我慢吞吞地走，等到預備鈴都快響了才及時就座。和昨天一樣，班上仍有許多病貓，令人欽佩的是，谷口似乎只休息一天就夠了。雖然口罩還沒拿下，但他今天來上學了。我現在才曉得這小子原來這麼喜歡上學。

還有，今天坐我後面的朝倉，臉上浮現了一抹別有深意的微笑。

「早。」

朝倉對我也像對其他人一樣，輕描淡寫的打了招呼，而我只點頭致意。

上課鐘聲響起的同時，導師岡部元氣十足的登場，開始開班會。

我連今天是星期幾都搞不清楚了。今天的課表跟記憶中的不一樣，我也記不清楚了。上星期的今天上的是不是同樣的課程，我自己也不敢斷言。就算昨天和今天的課表互相調換，我恐怕也不會發現。果然變奇怪的人是我嗎？涼宮春日這女人一開始就不存在。朝倉是班上的風雲人物。朝比奈是遙不可及的學姊，長門則是文藝社唯一的社員。

那邊才是正確的，SOS團只是我過去作夢夢到的妄想嗎？

不行不行，想法越來越消極了。

第一節的體育課，在進行足球紅白比賽時，我扮演全無意願防守自家球門的防守員；第二節的數學課也是左耳進右耳出，不知不覺就到了休息時間。

正當我趴在課桌上，讓額頭冷卻時，

「唷，阿虛。」

是谷口。他將口罩懸在下顎，露出往常的傻笑。

「下一節是化學課，今天輪到我那一排被老師叫起來答題。拜託教一下。」

要我教你？有沒有搞錯啊！你我對彼此的實力早就再清楚也不過，你不懂的地方，我怎麼可能會懂呢？

「喂，國木田。」

我呼叫上完廁所回來的搭檔之一。

「快將你知道的氫氧化鈉知識，傾囊相授給谷口。他尤其想知道，它和鹽酸的交情好不好。」

「還不壞啦，混合之後就中和了。」

走過來的國木田看了一下谷口翻開的課本，

「啊，這一題啊。很簡單。首先用莫耳（譯註：mol，計量單位。）下去計算，就可以換算出公克。我算算喔。」

看到讀通的人輕鬆解題的模樣，只教人感到更無力。

谷口不住地點頭，但是當國木田算到最後時，他似乎不打算背了。隨手從我桌上抓了一枝自動鉛筆，在教科書的空白處記下國木田說的數字和記號。

告一段落之後，谷口拋給我一個怪怪的笑容：

「阿虛，踢足球時國木田都跟我說了，你前天好像在鬧什麼。」

前天那天，你不是也在嗎？

「午休時間我跑去保健室睡覺了，下午整個人也是全身無力昏昏沉沉的。直到今天才聽說。聽說你陷入了半瘋狂狀態，還說朝倉根本就不存在？」

「還好啦。」

我擺擺手，打出：「你可以滾了！」的暗號。谷口卻一臉奸笑的繼續說道：

「真希望當時我也在場。你大吼大叫的起笑模樣，可是不多見。」

國木田也是一副回憶起什麼的神情：

「阿虛今天好多了。那天他簡直是故意找朝倉同學的碴。她哪裡惹到你了嗎？」

就算我說了也只會被當成腦筋秀逗。所以我不說。這是人之常情。

「對了，你當時好像說朝倉取代了某人。你找到那個人了沒？好像是叫春日是吧？那個人到底是誰呀？」

拜託別舊事重提了好不好？我現在只要聽到那個名字，就會反射性的嚇一跳。即使是聽到鸚鵡那樣無意義的重覆叫聲也照樣受驚。

「春日？」

看吧，連谷口也開始歪著脖子了。不僅歪著脖子，他還說：

「那個春日，該不會就是涼宮春日吧？」

對，就是那個涼宮春日……

頸骨發出了咯吱聲。我慢慢地抬頭看著同學的呆臉。

「谷口，你剛才說什麼？」

「就是涼宮啊。東中的暴力女。我國中三年都和她同班。不曉得她現在在幹嘛——對了，你怎麼會認識她？你說的取代朝倉，又是怎麼一回事？」

我的眼前瞬間變白——

「你！你這個章魚！」

我一邊大叫，一邊跳了起來。大概是被我的氣勢嚇到，谷口和國木田不謀而合地同時退了一步。

「誰是章魚啊！我如果是章魚，你就是魷魚了。何況我們家世世代代都是白髮一族，考慮到將來的話，你還比我危險呢。」

囉唆，要你管！我抓住谷口的領口，硬把他拉到我面前，兩人的臉近到幾乎鼻碰鼻。

「你竟然知道春日！」

「何止知道，就算再過五十年，我也忘不了。東中畢業的要是有人不知道她，最好是去檢查一下是不是得了健忘症。」

「在哪裡？」

我像誦經一般，不斷地唸唸有詞：

「那女人在哪裡？春日現在在哪裡？她到底上哪去了？」

「幹嘛啊！哪裡哪裡的，你是太鼓啊！（譯註：日文『哪裡』的發音『DOKO』音同鼓聲咚咚『DOKODOKO』。）你是在哪看到涼宮，對她一見鍾情嗎？你還是死心吧！我可是為你好才這麼說喔。那傢伙的長相雖然很夢幻，性格卻是讓人幻滅到極點。比方說——」

在校園內用白線畫意義不明的幾何圖是吧。我知道。我想知道的不是那女人過去的惡行，而是春日現在究竟在哪裡！

「光陽園學院。」

谷口如此答道。就像是在回答氫的原子序一樣。

「她應該是唸山下的車站前面那所高中沒錯。她的頭腦本來就很好。唸的自然是一流的明星學府。」

明星學府？

「光陽園學院的水準有那麼高嗎？那不是名門淑女就讀的女校嗎？」

谷口用憐憫的眼神看著我：

「阿虛，你的國中到底是怎麼跟你們說的，我不清楚；但那所學校從以前就是男女同校。而且還是縣內屈指可數的高升學率名校。學區內有那種學校，真是要不得！」

我一邊聽著什麼都愛比的谷口的比話連篇，一邊鬆開了手。

為什麼我會沒注意到這種事？真是該切腹。

春日不在北高，我就斷定她不存在於這個世界，可見我的想像力比巨大蟋蟀還不如。想來明年夏天回鄉下時，和牠一同在走廊的地板下閒聊一定會相談甚歡。

「喂！回魂嘍！」谷口整整襯衫的前襟，同時說道：「國木田，這傢伙果然怪怪的，而且病情相當嚴重。」

隨你們去講。只有這時候我不會跟你們計較。因為比起毒舌谷口和一臉嚴肅不住點頭的國木田，還有更令我火大的人。

這場不幸真是不幸到教人難以置信。假如剛巧有東中畢業的人坐我附近，假如前天午休谷口在教室的話，我一定可以更輕易聽到春日如雷灌耳的大名。到底是誰從中作梗？快出來！我要一拳打爆那混帳！不過這事可以擱到日後再來算帳沒關係。該問的事都問完了，那麼，接下來就是行動。

「你要去哪裡？阿虛？是要去上廁所嗎？」

我在回頭的同時一邊小跑步朝教室門口邁進，順口答道：

「我要早退。」

越早越好。

「不帶書包？」

那會妨礙我。

「國木田，岡部如果問起來，就說我得了鼠疫，又併發痢疾和傷寒，病得快死了。還有，谷口！」

對於張大了嘴目送我行動的可愛同學，我衷心獻上誠摯的感謝。

「謝啦！」

「啊，啊……？」

最後映入眼簾的谷口正用手指在頭旁邊劃圈圈，接下來我就奔出了教室，一分鐘後就跑出了校門。

要高速跑下陡坡的確很難。約有十分鐘，由於情緒高漲，我心無旁騖的使勁奔跑，心臟就不用說了，連兩腳和雙肺都開始抗議我的嚴苛奴役。仔細一想，就算等到第三節課結束後也完全趕得上。在這個時期，光陽園學院大概也是讀半天。只要在放學的鐘聲響起前趕到就行。就算從北高散步到那裡，也不用走上一個鐘頭。

我發現到時間分配失當，是每天必爬的強制登山道接近終點，抵達位於民營鐵路沿線的私立高中那附近的時候。校園內一片靜寂，是還在上課嗎？我看了一下手錶。和我們學校應該是不會差多少，現在大概在上第三節課。也就是說，在校門打開前，我差不多有一個小時的自由時間。在這寒冷的天空下，兩手空空的我只能在這乾等。

「乾脆強行闖入好了……」

換作是春日，她一定會這麼做，最後還會處理得很漂亮。無奈我沒有那方面的自信，慢步走向校門，又慌慌張張折回來。緊閉的大門前有嚴厲的警衛守著。不愧是私立學校，錢真多。

其實沿著柵欄爬上去，也是可以入侵校園；問題是柵欄頂端離地面有好一段距離，上頭還有加上尖刺的鐵絲，看來還是安份的等校門打開比較好。強行闖入的話，萬一被抓到就完蛋大吉。既然都來到這了，我可不想那麼輕易就GAME OVER。我和春日畢竟不同，該自重時，我是很懂自我節制的。

就這樣，我等了將近兩小時。

聽來陌生的下課鐘聲響起不久，校門口就像水溢出來一樣，吐出了許多學生。

的確，谷口說的沒錯，這裡是男女合校。女生的制服跟原來一樣是黑色學生西服，夾雜其中快步踏上放學歸途的男生，則是穿黑色的中山裝。跟女生穿水手服、男生著西服的北高完全相反。至於男女生的比率，似乎女生來得比較高……

「怎麼會這樣…算了。」

男學生中有幾個我見過，是一年九班的學生。我還以為他們消失了，原來是跑來這所高中了。不知是湊巧還是怎樣，看了半天，沒看到和我畢業於同一所國中的同學。見過的那些人也沒人理我，只是用懷疑的視線瞥了我一眼，就迅速走過。他們現在記得的，一定是另一段歷史。說不定還是比上北高要幸福許多的歷史。起碼他們不用爬坡上學。

我繼續等下去。能不能順利遇到，機率參半。萬一那女人參加了某個社團，或是又在著手計畫什麼而留在學校的話，那我就真的得在這裡當稻草人了。拜託。快點踏上回家的路吧，然後在我面前出現。

如果，這所光陽園學院還存在另一個ＳＯＳ團，而且改由別人取代我和其他團員大肆活躍的話……

一想到這，我的五臟六腑就活像叛亂似的開始翻攪。那我和朝比奈學姊和長門和古泉不就都成了用完即丟的垃圾？要真是那樣，我就連配角的邊都沾不上，成了完完全全的局外人了。我不想要這樣！要我向誰祈求都好！看是基督或是釋迦或是穆罕默德或是摩尼（譯註：Mani，波斯人，生於巴比倫。24歲時受到啟示創立摩尼教。自封為光明界的預言聖者，後受到波斯祆教迫害，被處以極刑。）或是瑣羅亞斯德（譯註：波斯祆教教祖）還是洛夫克拉夫特（譯註：HOWARD PHILLIPS LOVECRAFT，1980~1937，美國怪奇小說名家，黑色奇幻文學鼻祖。）都好！只要能解除我的不安，管它是神話或民間傳說，我都會相信。就算對方是街頭邪教團體的傳教人員，我也二話不說跟他走。我現在總算明白，哪怕是一根稻草也會牢牢抓住，然後徒勞無功地沉下泥沼去的溺水者的心情了。

在焦躁和消極感充斥全身十幾分鐘之後，

「……呼。」

我呼出的這口氣，連我自己都不明白它的意義何在。為什麼我會如此快活的呼出這麼大一口氣呢？

她出現了。

淹沒校門口的黑色學生西服和中山裝中，夾雜了一張即使我壽命將盡，也絕對不會忘記的女生的臉。

她留長髮。就像她在入學典禮後的自我介紹中大放厥詞，讓班上的空氣凝聚成固體的那時一樣，留著及腰的長髮。有好一段時間看傻了的我，開始扳手指計算確認今天是星期幾。今天不是留直髮的日子，看來這裡的春日似乎沒在髮型上玩七變化。

光陽園學院的學生似乎嫌我擋路似的，個個都從我左右兩邊穿過去。不曉得他們對我這個呆站在校門前的男生有什麼感想，不過他們怎麼想都無所謂，我也沒空理他們怎麼想。

我站著不動，眼睛直盯著穿著學生西服的女學生逐漸走近。

涼宮春日。

終——於找到妳了。

我不自覺微笑了起來。因為我發現到的，不只有春日。

走在春日旁邊，正在跟她說話的中山裝男學生，正是笑臉讓我看得不想再看的古泉一樹。

真是意想不到的贈品。

原來這裡的兩人，關係親密到會放學一起回家啊。然而春日看起來很不高興，就停留在我記憶所及，高中剛入學時的狀態。她偶爾會面向旁邊答個一兩句，接著又用很不悅的表情，目露兇光的俯看柏油路面。

是以前的那女人。在她發起創立ＳＯＳ團的念頭之前，在學校任何一處都是那樣，彷彿找不到強敵而焦慮不已，精力無從發洩的格鬥家那般的表情，在我看來真是特別懷念。那時候的春日就是這樣。對司空見慣的日常生活感到無聊不已，拚命追求刺激，沒想過想要的東西可以自己生出來的那個時代的春日。

不，要感慨待會再來感慨。兩人的身影逐漸走近。似乎沒有注意到我。

說來真是沒出息，我根本就無法克制自己快節奏的心跳。假如現在去看內科，醫生的耳朵八成會聽到叫人想取下聽診器的龐克風Two Beat（譯註：四拍子爵士樂中的兩個強拍。）。天氣冷成這樣，我居然還滴汗。真希望膝蓋發軟這件事只是我多心。我應該不是這麼膽小的人啊。

——來了。春日和古泉已近在眼前。

「喂！」

我好不容易才擠出聲音。

春日抬起頭來，和我四目相對。

穿著黑襪的腳停了下來，

「幹嘛？」

她的視線有如冷藏室的結霜那般冰冷。她以那種視線將我全身上下掃射了一遍才移開，

「找我幹嘛？不，應該說是你是誰？我可不是讓不認識的男人叫『喂！』的角色。要搭訕的話找別人去，本小姐沒那種心情。」

我早就做好了心理準備，所以沒有受到很大的衝擊。這個春日果然不認識我。

古泉也停了下來，用冷漠的眼神看著我。看他的表情別說認識我了，連看都沒有看過我。

我開口向那位古泉詢問。

「我和你，也是第一次見面嗎？」

古泉輕輕聳了聳肩。

「好像是。請問您是哪位？」

「你在這所學校也是轉學生吧？」

「我是在春天時轉來的…您怎麼知道我是轉學生？」

「你對『機關』這個組織，有沒有什麼印象？」

「ㄐㄧㄍㄨㄢ……？請問漢字怎麼寫？」

不得罪人的無意義笑容，是我熟知的那小子的招牌笑容。但他看著我的眼睛，卻出現了警戒的神色。這小子和朝比奈學姊一樣，不認識我。

「春日。」

春日的臉頰抽動了一下，用大大的黑眼睛瞪著我。

「誰准你直接喊我的名字的？你到底是誰呀！我可不記得徵求過變態跟蹤狂。滾開啦，你擋到我的路了。」

「涼宮。」

「我的姓也不准你叫。你到底是怎麼知道我的姓名的？你是東中畢業的嗎？你是北高的學生吧，看那身制服就知道了。北高的跑來這裡幹嘛？」

春日哼了一聲，頭轉過去。

「沒關係，古泉同學。當他不存在就好。不用理會這麼沒禮貌的傢伙。反正只是個笨蛋。我們走！」

為什麼春日放學會跟古泉一起回家？難道在這個世界，古泉扮演的是我的角色嗎？雖然腦海中掠過這個念頭，但是我匆忙想到的不是那個。

「等一下！」

我捉住了避開我走掉的春日的肩膀。

「放開我！」

春日揮動手臂，甩開了我的手。真正的怒氣在她臉上浮現。但是這種程度的惡狠，還不足以讓我放她走掉。否則我今天早退在此站崗，就沒有意義了。

「你很煩吶！」

春日低下身子，以讓人佩服的流暢架勢使出低踢。

一陣劇痛竄過我的腳踝，疼得我幾乎想就這樣窒息算了，但還不至於痛到在地上打滾。好不容易才穩住重心的我，以身心俱痛的悲情說道：

「告訴我一件事就好。」

我搾出了僅餘的一點勇氣，要是這次再不行，我就無計可施了。這是我最後的希望——接下來，我丟出了這個問題。

「妳記得三年前的七夕嗎？」

正要跨步離去的春日停了下來。對著那頭烏黑的長髮，我繼續說：

「那一天，妳偷溜進國中，在校園內用白線畫圖案。」
「那又怎樣？」
轉過身來的春日一臉怒容。
「那種事情大家都知道！你提這個是要做什麼？」
我小心地斟酌語句，儘量快點說完。
「那夜潛進學校的應該不只妳一人。還有揹著朝比奈…揹了一個小女生的男人和妳一起。妳就是和那傢伙一起畫白線，寫下圖畫文字的。那是給牛郎和織女星的訊息。內容大意是『我在這裡』——」
接下來的話，我沒能說完。
春日伸過右手，抓起我的領帶，一把提了起來。我受恐怖的蠻力牽引，不由自主往前傾倒，額頭猛地撞上春日那顆硬如岩石的頭。
「好痛！」
我用抗議的眼神瞪視對方，對方也惡狠狠地回瞪過來。近在眼前的銳利目光，朝我的眼睛直射而來。好懷念的眼神，還有春日那張氣呼呼的臉也是。
血管半爆了的女人用疑惑的聲音說：
「你怎麼會知道？誰跟你說的？不，我從來沒跟別人說過。那個時候……」

春日突然打住，臉色大變地注視著我的制服。

「北高……難道……你叫什麼名字？」

我的胸口被她緊緊抓住，呼吸困難。臭蠻力女。但是，現在可不是懷念春日POWER的時候。我的名字？要跟她講那個她以前從未叫過的本名，還是要跟她說那個大家都喊習慣的愚蠢綽號？

不，不管是哪一個，對眼前的這女人都不管用。這兩個名字她應該都沒聽過。那麼，我應該自報的固有名詞就只有這個。

「約翰·史密斯。」

雖然我儘量保持冷靜的口吻，但畢竟我的人是整個被提上來的，拜託妳也體諒一下我呼吸困難……才這麼一想，下一刻，壓迫胸口的強烈力道就消失了。

「……約翰·史密斯？」

春日鬆開了我的領帶，神情呆滯，隻手靜止在半空中。我很少見到她這樣。涼宮春日彷彿被死神抽走靈魂似的，嘴巴一直開開的。

「就是你嗎？你就是那個約翰？在東中……幫我的那個……奇怪的高中生……」

春日突然踉蹌了一下。漆黑的長髮遮住了眼睛的視線，正要摔跤時，古泉適時扶住了她。

連結上了。

什麼幫妳忙，妳幾乎都把工作推給我做——但我不打算浪費時間跟她辯駁。沒錯，我終於掌握到一絲線索了！在這個完全變了樣的世界中，終於有一個人，也是唯一的一個——和我共同擁有過去的記憶。

果然是妳。

這個人不是別人，就是涼宮春日。

既然這個春日在三年前的七夕曾經遇見我，那麼三年後的這個世界，應該就是從那個時間點延續下來的。並不是任何事都「煙消雲散」。我和朝比奈學姊回溯至三年前的時光，然後藉由長門的力量又回到原來時間點的那段歷史的確是存在的。雖然不明瞭是哪裡出了差錯，至少三年前的這個世界，和我熟知的那個世界是同一個世界。

到底是出了什麼差錯，只有我保有原來的記憶？

不過還是之後再思考這個問題吧。

我望著有如世界奇觀的啞口春日，說道：

「詳情我會說給妳聽。妳待會有空嗎？這事說來話長……」

我們三人肩並肩走在路上時，春日說話了：

「我見過約翰．史密斯兩次。在那之後不久，我走在回家的路上，突然後面有人大喊，喊什麼來著……啊，對了！就是『請多多關照把世界搞得轟轟烈烈的約翰．史密斯！』。這是什麼意思？」

我沒做過那種事。在確認春日從操場上消失後，我就叫醒朝比奈學姊，一起趕往長門的高級公寓。難道還有另一個約翰．史密斯嗎？可是，那個約翰．史密斯講的又是什麼鬼東西呀？

那句話聽起來簡直就像是在給春日出什麼鬼點子似的。

「那個約翰和妳在東中遇到的約翰是同一人嗎？」

「離太遠了。當時又很暗。兩人的臉我都不記得。可是聲音和感覺跟你很像。穿得又是北高的制服。」

事情似乎越來越複雜了。才覺得線索連結上了，細節卻又不吻合。

我們就近找了家咖啡廳。我本來想去SOS團集合的御用咖啡廳，反正都是SOS團的原班人馬嘛。但是從這裡過去稍嫌遠了點。

「我所認識的妳是就讀北高，在入學典禮之後說了這樣的話……」

點的東西還沒送來，我就開始說明。在送來的熱歐蕾冷卻到可以一口氣喝掉前，我幾乎毫無保留地將事情的來龍去脈濃縮講給她聽。像是外星人加未來人、超能力者齊聚一堂的SOS

團，還有文藝社的社團教室等等。

特別是七夕的時光旅行，我講得特別詳細。因為我認為那才是最重要的部分。

我含糊帶過的只有春日可能是神、時空的扭曲，與進化的可能性這幾個部分。因為每一個都還是未定論。僅提到春日擁有奇妙的潛在力量，而且可能還具有改變世界的不確定能力。

光是這樣就已經夠吸引這女人了。她頻頻陷入沉思，接著說道：

「為什麼你看得懂我自己想的外星語？當初那段圖畫文字的確是：我在這裡，快來找我之類的意思沒錯。」

「有人翻譯給我聽的。」

「就是那個外星人？」

「正確說來應該是由外星人研發的與人類接觸用聯繫裝置外星人……我記得她是這麼說的。」

我將長門有希的事全說給他們聽。原本以為她只是文藝社團教室的贈品，想不到是隱藏設定的面無表情愛書人。接著，又跟他們講朝比奈學姊。那位等身大換裝吉祥物兼公關兼本社專用茶水小姐，實際上是未來人。我陪她做時光旅行，去到三年前的七夕夜那次，也是多虧了長門才回得去。

「這麼說來當時的約翰就是你囉？嗯，我就相信你吧，反正也不是壞事。原來當時你是在做時光旅行啊……」

春日用看著未來人的眼神仔細打量我，輕輕點了點頭。

妳未免理解得也太快了吧。看不出妳會這麼輕易地相信人。以前我們單獨在市內尋訪不可思議事件時，在那家咖啡廳，妳根本就把我的話當屁。

「那個我是個大笨蛋。我相信你。」

春日探出身子。

「因為，相信比較有趣啊！」

我對這張猶如百花齊放的燦爛笑臉有印象。我第一次看到春日笑，就是這張笑臉。她在英文課堂上想到要設立ＳＯＳ團時，所浮現的百萬瓦特笑容。

「在那之後，我調查過北高所有學生。還埋伏過一陣子。可是，一直都沒看到像是約翰的人。當時我還很自責，為何不把臉看清楚。現在回想起來就通了，三年前你根本還沒進北高嘛……」

當時的我有兩個。一個是在國中過著茫然生活的我，另一個是在長門家的客房和朝比奈學姊一起被凍結時間的我。

順便將這小子的經歷也一併帶進來吧。

「在那個世界的古泉則是超能力者。你幫了我不少忙，也給我添了不少麻煩。」

「如果那是真的，那真是叫人驚奇。」

以優雅動作飲茶的古泉，露出半信半疑的眼神。

我重新轉向春日。

「妳為什麼不來唸北高？」

「沒有為什麼啊。我只是因為七夕的事對北高產生了點興趣。但是等我升上高中，約翰也早就畢業了，再加上我之前怎麼找都找不到他。光陽園的大學升學率又比較高，國中的導師一直碎碎念叫我考這裡，只好照做省得他囉嗦。其實我覺得高中唸哪裡都無所謂。」

我也向古泉提問：

「你呢？你為什麼會轉到那所學校？」

「你問我為什麼，我的答案也是跟涼宮同學差不多。我只是看自己的學力測驗程度到哪裡，就進哪所學校。況且……我不是說北高不好，但是光陽園學院不論是在校舍或是設備上都相當完善。」

是啊，北高連空調設備都沒有。

春日嘆了一口氣。

「ＳＯＳ團啊……好像很好玩。」

託妳的福。

「假如你說的都是事實的話……」

插嘴的是古泉。他收斂起圓滑的笑容，以得意的表情說：

「由你的說明來判斷，你陷入的情況可以有兩種解釋。」

真的很像是古泉會說的話。

「之一就是你進入了平行世界。你從原本的世界來到了這個世界。之二就是世界除了你之外，整個都改變了。」

這一點我也想過。

「可是，不管是哪一個，都有謎團尚待釐清。如果是前者，那在這個世界的另一個你又到哪裡去了呢？如果是後者，為什麼只有你沒有改變，又令人不解。除非你也有不可思議的力量，那一切都說得通了。」

沒有。我敢跟你保證，沒有就是沒有。

古泉用可憎的漂亮動作聳了聳肩。

「如果是進入平行世界的話，你就必須尋求回到原來世界的解決對策。如果是世界改變的話，就得找出讓世界回復原狀的方法論。不管是哪一個，要早日解決，就是揪出幕後的始作俑者。始作俑者很可能知道該如何讓一切回復原狀。」

那個人除了春日以外，還會有誰？

「誰知道？也許是來自異世界的侵略者把地球當成遊戲舞台了。說不定未來還會突然冒出很邪惡的敵人角色。」

一看就知道他是隨口胡謅的，因為古泉的語氣很明顯就是在亂掰。可是春日完全沒察覺，眼睛還閃閃發光。

「我想見見那位長門同學和朝比奈學姊。對了，我也想去那間社團教室看看。假如改變世界的人真是我，看到她們之後也許會想起什麼。是吧，約翰，你也是這麼想吧？」

是啊，沒錯。我沒有理由反對。這個現象如果是這女人搞的鬼——雖然我內心就是這麼認定——那麼做說不定會激發她的靈感，長門和朝比奈學姊也會想起我。外星人和未來人手下一旦回復正常，膠著的事態說不定也會撥雲見日。等等，約翰是指我嗎？

「你說你叫阿虛是吧？約翰好聽多了。約翰聽起來比較像是人的名字，這個名字在歐美很常見。阿虛這麼遜的綽號，到底是誰幫你取的？對方根本就瞧不起你。」

命名者是我的嬸嬸，將它廣為流傳的則是我妹。儘管如此，涼宮的痛罵，我聽了倒是很爽。為什麼呢？距離上一次根本沒隔多久時間啊？

「那麼，走吧。」

春日將幾乎沒動過的大吉嶺紅茶一口氣喝光，再拿起光陽園學院訂製的書包。

姑且先問問看。

「現在？去哪？」

春日已經站起身來，高傲地睥睨著我大喊：

「當然是北高啊！」

說時遲那時快，轉眼春日就快步滑出了咖啡廳。連等自動門開都等不下去似的。

其實這舉止真的很春日，讓我莫名地安心不少。

春日，真有妳的。妳就是這個樣子。只要一想到，兩秒鐘後就去行動。那才是妳。每當妳以活似要一腳踢飛門的氣勢衝進社團教室時，我們就知道妳又有突如其來的決定要昭告天下。長門是唯一處變不驚的人……

「糟了。」

我看了一下手錶。放學時間早就過了。昨天在長門的高級公寓定下的約定，我忘得一乾二淨。我跟她說明天也要去社團教室，卻遲到了。腦中不禁浮現獨自一人等待敲門聲的長門垂頭喪氣的模樣。請再等我一下。我這就翻筋斗過去。

古泉將春日留下的帳單拿了起來，

「我只請涼宮同學的份喔？」

假如你連我的份也請的話，我就告訴你。

「呵，願聞其詳。」

我將以前這小子告訴我的話，直接丟還給他。以簡單扼要的方式。像是人類原理怎麼又怎樣的春日大神說，還有這小子拚命要提供春日娛樂，而自編自演了一齣孤島奇案等等。

見古泉陷入了沉思，我又問了一次。

「春日應該就是幕後黑手，還是另有其人造成這個狀況？你認為哪個才是正確的？」

「假如你說的那位涼宮同學，真的具有神的力量，說不定就是她做的。」

也實在想不出其它的禍首了。可是，如果真是這樣，春日就是只將古泉留在身旁，而把我、長門和朝比奈學姊給丟在一邊了。不是我在說，我不認為春日對古泉會遠比對我們還執著。這也是春日的無意識特異功能在發威嗎？

「這麼說，被挑中的我該覺得很光榮囉？」

古泉笑嘻嘻的繼續說：

「畢竟我……是的，我喜歡涼宮同學。」

「……你說真的？」

你在開玩笑吧！

「我認為她是個很有魅力的人。」

這句話我好像在哪聽過？古泉用認真的口氣說：

「可是，涼宮同學只對我的屬性有興趣。她只是因為我是轉學生這個理由，才跟我講話的。

但畢竟我只是個普通的轉學生，她最近似乎也膩了。你說的ＳＯＳ團，在該團的你有什麼樣的屬性呢？如果沒有，那就是涼宮同學十分欣賞你。假設在那邊的涼宮同學和我所認識的涼宮同學是同一個人格的話。」

不管是過去還是現在，我都沒有一寫在履歷表上，就會被送往醫院的頭銜。除了不知不覺就會被捲入奇妙事件的那種派不上用場的特技除外。

春日從門外探頭進來，笑得甜甜的破口大罵：

「你們在幹嘛！快點出來啦！」

古泉等店員結算三人份的飲料費，我則是從開了暖氣的舒適咖啡廳，一派輕鬆地往會讓呵氣變白的外界踏出第一步。

店門前停了一輛計程車。好像是春日叫的。看來她無論如何都想要快一點到北高。附帶一提，那不是我和古泉偶然搭過的，在某處見過的黑色計程車（譯註：顛覆傳統小黃，從倫敦引進的高級黑色計程車，用於接待貴賓、婚喪喜慶均非常適宜，在日本掀起一股黑色旋風。），而是普通的黃色計程車。

「朝北高，全速前進！」

春日一邊坐進車內，一邊命令司機。接著是我，再來是古泉坐進後座。對於小丫頭的命令口吻，中年司機沒有絲毫不悅，只是苦笑了一下緩緩地踩下油門。

「妳要衝進北高是無所謂，」我對著春日的側臉說：「但是妳這身裝扮太顯眼了。外校生進去多少需要點理由。不然被老師發現的話，會有點麻煩。」
春日身穿黑色學生西服，古泉則是著中山裝。雖說因為課程縮短，下午沒剩多少學生，可是這兩人一旦闖入水手服和藏青色學生西服的地盤，就等於大肆宣傳他們是校外的人。
「那倒是……」
春日考慮了三秒鐘。
「約翰，你今天有上體育課嗎？不，沒上也沒關係。你的體操服是放在教室吧？」
是呀，剛好今天第一節課就是足球課。
「那麼，你有帶體操服和夾克吧？」
有是有，不過妳問這做什麼？
春日寓意深長地笑了。
「我現在就告訴你們作戰計畫。約翰，古泉，臉湊過來一下。」
就算被計程車司機聽到又不會怎麼樣。不過我們還是乖乖湊過去，聽春日小聲交代作戰計畫。
「很像妳的作風。」
我如此回答，瞄了一眼皺眉頭的古泉複雜的表情。

我在北高附近下了車，先回去自己的教室，為了春日策劃的侵入北高大作戰做準備。

附帶一提，計程車費又是由古泉買單。這個古泉簡直就像是春日的行動式錢包。他又沒有做錯事，真是難為他了。難道他對春日的感情是愛情？真想問問他到底是看上春日哪一點。可是轉念一想，谷口說過，春日的舉止異常歸異常，國中時代卻很受男生歡迎。也是啦，如果她沒有在北高創立ＳＯＳ團，那女人很可能會不分王八綠豆讓上門追求她的男生全吃閉門羹。這麼說來，ＳＯＳ團其實是春日絕佳的避風港？成為那種神秘社團的首領，君臨天下，有點基本常識的男生都會像是規避暴投的打擊者一樣自動迴避。與其被三振或是被觸身球直擊頭部，倒不如躲過四次，輕鬆走向一壘反倒好。

我一邊思考一邊往最頂樓邁進。

校舍裡人煙稀少，但也不是完全沒人。回家也無事可做的人留下來進行社團活動的身影散見各處。幸好，一年五班的教室一個人也沒有。不，其實我也很怕被岡部老師抓包。換作是我，我也想知道沒請假就早退的病人，為何又偷偷摸摸地跑回教室。

不知道是誰幫忙清理的，我的課桌桌面整理得很乾淨。或許是朝倉吧。正在想雜七雜八的文具和筆記本不知哪去了，原來都被收起來了，只有書包吊在課桌側邊。我在找的東西則吊在書包的另一邊。

「這女人真的是考慮得很周詳。」

我一邊感嘆春日細膩的心思，一邊將裝體操服的袋子拿出來。這個超大的毛巾束口袋裝有今天第一節穿過的短袖運動衫、短褲、運動夾克和長褲。春日在計程車上提案的侵入計畫，想當然爾就是「變裝成北高的學生計畫」。「古泉穿你的體操服，我穿運動夾克和長褲。然後堂堂正正的跑進去，任何人都會以為我們是剛路跑結束的運動社團社員。嗯，完美無缺。」

換句話說，我們就是要學習昆蟲的擬態。這樣總比隨便在路上各捉一個正要回家的北高男女學生強行剝下他們的衣服，要來得好多了。

「那樣也不錯。」

在離校門有一段路的轉角等我的春日，蠻不在乎地說。她一邊接過裝體操服的袋子，一邊說：

「還是穿成你那樣，比較不會被盤問。想到這麼棒的點子，怎麼不早點講？」

那種攔路強盜的行為，我怎麼做得出來！

春日抽開束口袋的鬆緊繩，毫不客氣地將袋子翻轉過來。四件衣服就咚地掉在柏油路上。

「你有洗吧。」

一週前剛洗過。

「對了，涼宮同學，」

古泉用活像被逼到絕境的砂鼠看著追牠的蒙古虎的眼神，盯著我那套泥濘的體操服說道：

「要在哪裡換衣服？附近有什麼隱蔽的空間嗎？」

「在這裡換就好了。」

春日答得爽快，逕自拿過運動長褲。

「這裡沒什麼行人，頂多會冷一下子。啊，放心好了。我會轉過頭去的。約翰，你也轉過去。我們當他的圍牆。」

她斜眼看了我一下，什麼意思？

「我就算被看到也無所謂。」

笑得很邪惡的她，將腳套進運動長褲內，就這樣穿在裙子下面。

「看不出來你腿這麼長。」

她蹲下來將兩腳的褲腳反折，調整好長度後，再站起來將裙子的裙勾解開。

裙子毫不猶疑地從腰部落下。接著她脫掉黑色外套，開始解上衣的鈕釦時，我轉向旁邊。

「沒關係，我底下還穿了件T恤。」

外套和裙子的上頭，又飄落了一件上衣，我眼角的餘光，慢慢轉回去。身著白色短袖素色T恤和我的運動長褲的春日，得意洋洋地挺胸，讓長髮隨風飄動。我就這樣盯著她，不禁想再看一次某個景像。

「喂，妳要不要綁馬尾？」

春日猛然看了我一眼。

「為什麼？」

沒有為什麼，這只是我單純的喜好。

春日不置可否地哼了一聲：

「綁馬尾看起來簡單，要綁得好看可不簡單！」

說歸說，春日還是從掉在地上的黑色外套口袋裡，拿出綁頭髮的橡皮筋，靈巧地將烏黑的長髮整個挽在後腦勺。

「也好，這樣看起來更像是運動社團的。這樣總行了吧？」

棒極了。在我的眼裡，她的魅力度又增加了三十六％。

「笨蛋。」

正當我不解該怎麼反應時，才明白這女人的氣沖沖只是做做樣子。我早該知道的。

雖然晚了一點，古泉也換穿完畢了。在這麼寒冷的天空下，穿著短袖短褲一定很冷吧。而且還是別人的體操服，心情更是格外不同。起了雞皮疙瘩的古泉說：

「涼宮同學，那件夾克妳不披是嗎？那麼，可不可以借我穿呢？」

同樣是露出兩隻手臂，春日卻用足以驅走寒氣的笑容說：

「不行。我要用來遮書包。好不容易扮裝成功，我可不想在書包上露了餡。」

光陽園學院的書包和北高的，確實在外觀上有微妙的差異。春日將運動夾克像包巾般攤開，把自己和古泉的書包包起來，命令我拿著。再將兩人脫下來的制服丟進裝體操服的袋子裡，也叫我拿著。

「那麼，接下來。」

春日將腋下夾緊，雙手插腰；

「這樣看起來就很像剛跑完馬拉松回來。不錯吧！」

妳是不錯啦，那我呢？天底下哪有抱著這麼多東西，而且還穿著制服去路跑的運動社團社員？

「你當自己是社團經理不就得了？還有這個！FIGHT！一、二、FIGHT！一、二、FIGHT！」

馬尾妹跑出去後，我和古泉面面相覷了一會，又同時聳聳肩追了上去。

我和這位古泉都心知肚明，就各方面而言，要阻止跑出去的春日，在各種狀況下都是很困難的。所以我們除了追上去，也別無它法。

是吧，一直都是這樣子吧？

不知道該說是好還是壞，北高的校門和山下的私立學校不同，經常門戶洞開。警衛也不知道跑哪去了，不見人影。計畫非常順利，春日邊呼口號邊進行的偽馬拉松很快就結束，平安地抵達終點站的玄關。想不到要帶春日和古泉進我們學校這麼麻煩，明明三天前他們還在這裡進進出出的。

「好破舊的校舍。這牆壁怎麼是組合式（譯註：不在現場灌漿，而是在工廠預先製成的組裝式外牆。）的呀？縣立學校這麼窮啊？我沒來考這間是對的。」

我一邊聽她那再正確也不過的感想，一邊將目光從林立的鞋櫃移開。我已經換好拖鞋，正在找有沒有掉落的兩人份客用拖鞋時，春日毫不在意地打開最近的鞋櫃，拿出不知是哪個北高學生的拖鞋。

的確很像是春日的作風。我又不自覺露出了奇怪的笑容。

「你在笑什麼？看起來很呆耶。我又沒做什麼好笑的事。」

被她這麼一說，我連忙收斂嘴角。她說得對。姑且不論春日的不法行為，現在都不是嘻笑的場合。

我想谷口的腳大小應該和古泉差不多，就拿了谷口的拖鞋給古泉換穿。

「真是不好意思。」

他的語氣聽起來一點也不像不好意思。古泉彬彬有禮地說完，換上了鞋子。我將他穿來的那雙球鞋，塞進谷口的鞋櫃裡。

再將兩人包在夾克裡的書包重新夾在腋下。

「我帶你們去，跟我來。」

「慢著！」

我正要跨步向前時，春日制止了我。她無意識地用手指玩弄著馬尾的尾巴。

「長門同學那個外星人，在文藝社吧？」

現在的長門，應該說是前身為外星人的平凡女高中生。即使如此，我想她應該會一直等著我過去吧。

「那位長門同學應該不會跑掉。先去抓朝比奈學姊那個未來人吧。她在哪裡？」

可能已經回去了吧……突然一個想法閃過我的腦海。我的靈感也不是蓋的。連搜尋記憶都不必了。斷言說不認識我的朝比奈學姊之前手上拿著書法用具。在被強拉進ＳＯＳ團之前，她是書法社的社員。那麼，這個時間她應該還在學校。

「我明白了，這邊走。」

長門，對不起。請再等我一下下。我們先去書法教室，然後就去找妳。我心裡祈禱書法社今天有開，自然地加快了腳步。

打開那間社團教室門的，是春日。那女人向來跟敲門那種禮貌的舉止無緣，我也沒那美國時間去教導那女人注意這種小細節，古泉則是侷促不安地在走廊站崗。

書法教室裡有三位女學生，看樣子是在練習新年題字（譯註：日本習俗之一，在一月二日以毛筆書寫吉祥話）。

「妳們之中誰是朝比奈學姊？」

「……有什麼事嗎？」

睜大了眼睛看著我們的三人中，最嬌小的那個身影，櫻唇流洩出怯懦的聲音。

「什麼事啊……」

只見在椅子上端坐如儀的朝比奈學姊，手上拿著毛筆停在半空中。

我越過春日的肩膀，巡視了一遍室內。鶴屋學姊不在，讓我鬆了一口氣。記得她不是書法社的。

春日跟我咬耳朵。

「是那個女的嗎？她真的是高二生？看起來好像國中生。」

「我也覺得她很像國中生，不過妳猜對了。她正是朝比奈學姊。」

春日一聽，就大刺刺跨步上前，對拿著毛筆僵掉了的嬌小天使胡說一通：

「我是學生會資訊室室長涼宮。朝比奈實玖瑠學姊，我來這裡，是有事想請教妳。麻煩借一步說話。」

身上穿著T恤和運動長褲的人，說謊也不打一下草稿！

朝比奈學姊的眼睛不斷眨呀眨的，很緊張地說：

「學生會……資訊室？那是什麼呀……我什麼都不知道呀。」

「沒關係，跟我來就是了！」

春日奪下毛筆，丟到寫到一半的八開宣紙上，再握住朝比奈學姊的手臂，強行把她拉起來。其他的女社員雖然都很害怕，卻都驚慌的說不出話來。假如鶴屋學姊在這裡，說不定可以觀賞到她和春日的異種格鬥技戰。春日雙手環住朝比奈學姊的腰固定住，不由分說地將她擄走了。

「妳……胸部真大。嗯，很有個人特色。我喜歡！」

春日喜孜孜地，揉搓起別校學姊的胸部來。

「嚇！哇哇！請、請問…咦！」

看到在入口待命的我，朝比奈學姊眼睛睜得更大了。她八成在想：那天那個變態又出現了。朝比奈學姊對於在走廊冷得直踏步取暖的古泉，也投以受驚的視線，古泉卻以看陌生人的眼神，看了朝比奈學姊一眼，

「我不是什麼壞人，真的。」

你穿成那樣來到這裡，還想扮演局外人撇清關係是行不通的，古泉。
春日就像個要阻止已知要去看牙醫的小孩逃走的母親一樣，將掙扎不已的朝比奈學姊給抱了起來──

「喂，約翰。只剩下長門同學了。快帶我去找她。」
這還用妳說。
說什麼都得趁眼尖的同學和知悉我擅自逃課的教師群發現我之前，趕到那邊不可。
通稱舊館，位於社團大樓三樓的ＳＯＳ團基地，正式名稱是文藝社的社團教室。

這一次的門是敲過後，我才打開的。
「嗨，長門。」
將圖書館的精裝書立在桌上閱讀的眼鏡女臉抬了起來。
「啊……」
長門見到是我，安心地吐了一口氣。
「咦？」
見到接著出現的春日，眼睛突地睜圓。

「……咦？」

見到被春日抱著的朝比奈學姊，嘴巴突然張開。

「…………」

在吊車尾的古泉登場之後，就啞口無言。

「妳好。」

春日綻開笑容，見到大家都進教室之後，就將門反鎖。卡嚓！這個效果聲一響起，長門和朝比奈學姊起了同樣的反應，她們的身體都恐懼的緊繃了起來。

「你們想做什麼？」

就像那天一樣，朝比奈學姊嚇得都快哭了。

「這裡是哪裡？妳為什麼要把我帶來這裡？還有，妳幹嘛把門鎖上？妳到底要幹嘛？」

完全一模一樣的反應，連我也感動得泫然欲泣。好懷念。

「給我閉嘴！」

就像那天一樣，春日強硬地控制了情勢，環顧室內一周。

「那位眼鏡妹就是長門同學？妳好！我是涼宮春日！這個穿體操服的，是古泉同學；這個全身上下只有胸部特大的嬌小女生是朝比奈學姊。至於那傢伙，妳應該認得吧？他是約翰．史密斯！」

「約翰．史密斯……」

長門驚訝地推了推眼鏡架，以不可思議的眼神看著我。我聳聳肩，接受了這個愚蠢的綽號。反正阿虛和約翰都一樣蠢。

「哦——這裡就是ＳＯＳ團啊？雖然什麼東西都沒有，卻是個不錯的房間。很值得帶東西過來。」

春日就像剛被帶到新居的貓咪在房間四處閒晃，看看窗外，對著書架的書投以興趣濃厚的一眼，轉向我說：

「那麼，接下來怎麼辦？」

妳不會什麼都沒想就過來了吧？真的很像是春日的思維。

「以這間教室為據點，我是很贊成，可是交通很不方便。放學後再來這裡又很浪費時間。我的學校和北高又完全沒有交流。對了，乾脆定下時間，在車站前的咖啡廳集合如何？」

突然說出的一段話，除了發話的這女人和我以外，大家都不明就裡。

長門成了表情困惑的擺飾娃娃，朝比奈學姊是提心吊膽、舉止怪異；古泉則演起了啞劇。

我想我必須說點什麼，正要開口的時候——

叮！

突然間，無人碰觸的電腦發出了電子音。長門反射性地轉頭去看。

「咦耶？」

彎著腰的朝比奈學姊得抬起屁股，才勉強知道發生了什麼事。而我具有的認知這個狀況以外的識別能力，全都被電腦給吸走了。

古老的CRT顯示器發出啪滋啪滋的聲音，逐漸變得明亮——我是透過長門鏡片的反射才得知的。

但是呼應那種情況的硬碟迴轉聲——並沒有持續。以前好像也發生過這樣的事…不，那時候好像是我自己開機的……操作系統影像沒有出現，反而顯示其他畫面的電腦螢幕似曾相識…

「讓一讓。」

身體自己動了起來。我推開春日，全速奔到顯示器的正面。

灰黑的螢幕上，無聲的文字流暢地顯示著。

YUKI.N〉當你看到這排文字時，我已經不是我了吧。（註：YUKI.N即是長門有希的英文拼音『NAGATO YUKI』的縮寫。）

……是啊，就是這樣啊，長門……

「怎麼回事？又沒人按下開機鈕，嚇死人！」

「可能是有設定開機時間吧。不過，這台電腦還真是古老。真難為了這台老古董。」

背後春日和古泉的對話，我完全沒聽進去。我連眼睛都不敢眨，深怕錯漏了一字一句。耳朵聽到心臟在跳踢踏舞的聲音，眼睛直盯著畫面。

YUKI.N〉這個訊息會出現，就表示你、我、涼宮春日、朝比奈實玖瑠和古泉一樹應該就在這裡。

簡直就像是在配合我的閱讀速度一樣，游標持續出現沒有贅飾的文字。

YUKI.N〉這就是鑰匙。你已經找到解答了。

不是我找到解答的。而是在古泉的陪伴下，春日強行殺過來的。這裡的春日也相當有用嘛

……話又說回來，長門，好幾天不見了。

我抱著懷念的思緒讀著顯示器上的文字。雖然沒有出聲，卻在內心以長門平坦的聲音一字一句唸出來。游標繼續換行。

YUKI.N〉這是緊急逃離程式。要啟動的話就按ENTER鍵，不啟動就選擇其它鍵。啟動之後，你會得到修正時空的機會。但是不保證一定成功。也不保證你能順利歸來。

緊急逃離——程式。就是這個！就是這台電腦！

YUKI.N〉這個程式只能啟動一次。執行之後就會解除。選擇不執行的話，不啟動也會解除。READY？

這是最後的文字。末尾的游標不停閃爍。

要選ENTER鍵，還是其它鍵？

我回過神來，才發現春日在我背後偷看。

「這是什麼意思？是什麼機關嗎？約翰，不要耍我了。快點說明！」

我完全無視於春日、古泉和朝比奈學姊。只有這時，綁馬尾的春日，穿著我的體操服的古泉，和依然很可愛的朝比奈學姊都不在我眼裡。我的全副注意力都放在這台電腦和這間教室的某一個人身上。我對那個用驚愕表情盯著畫面的眼鏡少女說：

「長門，妳對這個有印象嗎？」

「……沒有。」

「真的沒有？」

「為什麼這麼問？」

妳幹嘛急著撇清關係？這是妳打的文章啊……我雖然想這麼說，但說了，恐怕這個長門只會更驚慌失措吧。

我只好再一次審視最後的部分。

這是長門留給我的訊息。是我所認識的那個長門留給我的。具體而言，緊急逃離程式這東西我並不是很瞭解。「不保證一定成功」這一句也讓我有點不安。

可是，事到如今，再煩惱也沒有用。以前我曾經全心相信那個長門，現在也只能相信她了。那傢伙做的事一定不會出差錯。除了相信那個救了我好幾次，乖巧又沉默寡言的外星人製有機人工智慧機器人長門以外，我還能相信誰？如果我懷疑那傢伙說的話，那我的頭腦更值得懷疑。

「喂，約翰，你怎麼了？表情又變得這麼奇怪。」

春日的聲音彷彿是從遠處傳來的。

「拜託讓我靜一靜，我正在整理思緒。」

我現在的確需要思考。就讀不同高中的春日和古泉、不是未來人的朝比奈學姊、什麼都不知情的長門，一一考慮過後，我釐清了那不是我目前該煩惱的事。

長門打在電腦上的字句是她個人的心意，那份訊息的真實性是不容懷疑的。

我伸伸懶腰，並且做深呼吸。

對——

目前我唯一能確定的，就是我想要逃離這個世界。我想要再見到我很熟悉，而且早已是我日常生活一部分的SOS團和那個世界的夥伴們。這裡的春日、朝比奈學姊、古泉和長門，都不是我熟知的他們。這裡也沒有「機關」，沒有資訊統合思念體，大人版朝比奈也不會來到這因為一切都亂了套。

沒花多久時間我就做出了決定。

我從口袋取出皺巴巴的紙張——

「對不起，長門，這個還妳。」

長門蒼白的手指，緩慢地伸向那張我遞出去的空白入社申請書。第一次失敗了，第二次終於成功抓住。我一放手，入社申請書就抖得跟什麼似的，但是室內並沒有風。

「這……」

長門連聲音都在顫抖，以睫毛遮掩了她的眼神。

「可是，」我連忙說明：「坦白說，我一開始就是這間教室的一員。不用特地加入文藝社，至於為什麼——」

春日、古泉和朝比奈學姊都用「這傢伙在說什麼呀！」的表情看著我。長門的表情被頭髮遮住了，看不清楚。沒關係，妳放心吧，長門。接下來不管發生什麼事，我都一定會回到這間教室。

「至於為什麼，是因為我是ＳＯＳ團的一員。」

ＲＥＡＤＹ？

當然是。

我伸出手指，按下了ＥＮＴＥＲ鍵。

那之後不久——

「嗚哇？」

一站起來，強烈的頭暈目眩便朝我襲來。我不由自主地將手撐在桌上，視界整個轉了一圈。我感到耳鳴。聽到某人的聲音從遠處傳來。眼前發黑。失去了上下的感覺。感覺好像在漂浮似的。就像是掉落到湍流中的樹葉。轉啊轉的，轉個不停。呼喚我的聲音越來越遠。對方是叫什麼？約翰還是阿虛？我也不清楚。聽起來不太像是春日的聲音。好暗。我在墜落嗎？要墜落到哪裡？起碼跟我說一聲不為過吧。

我的思緒很混亂。我眼睛是睜開的嗎？我什麼都沒看見。什麼都沒聽見。只是覺得自己好像在漂流。我的身體究竟在哪裡？春日呢？全部都扭曲了。古泉。朝比奈學姊。這裡是？我到底是要去哪裡？緊急逃離程式。逃出去的前方，有什麼在等著我？

長門——

「嗚哇？」

我再度高喊出聲，好不容易支撐住幾乎要碎裂的膝蓋。接著我才發現我是站著的。

「怎麼回事……？」

四周一片漆黑。但不是真的伸手不見五指的黑。還好，我的眼睛還看得見。

「這裡是……」

我靠著從窗外射入的微弱光線，確認自己的所在位置。這裡好像是一間房間，我手碰觸到的似乎是桌子的桌面，而桌上放置了舊式的電腦……

「是文藝社！」

剛才那間文藝社。

可是長門不在。春日、朝比奈學姊和古泉也都消失了。只有我在。而且天色已暗。方才明明有夕陽照入教室中，突然就變黑夜了。從窗戶仰視夜空，說是稀疏還太少的星群，閃耀了一下意思意思。時間飛逝得真快。

教室內的樣子和之前沒什麼差別。有書架，有長桌，也有一台舊型的電腦。光是這樣我就明白了。我並沒有回到原來的世界。因為這裡沒有SOS團的東西。這裡沒有團長席，沒有朝比奈學姊的COSPLAY服裝，還是空蕩蕩的文藝教室……但是……

額頭上流下的汗水滴進了眼睛。我用學生西服的袖子擦擦汗。

好像不太對。

這份不諧調的感覺是什麼。我已經知道這裡是哪裡了。這裡確實是文藝社的教室沒有錯。「你是太鼓嗎？」我不經意想起谷口說的這句話。「哪裡」。問題不在於這個。對，問題不在於這裡是哪裡。

「這裡是……」

突然間，我抓到了這個不諧調感的真相！發現的同時，我的體感溫度（譯註：人體感覺到的溫度。）似乎也直線竄昇，但事實不是如此。氣溫一開始就這麼高了。因應我的體溫的體感溫度變化，並不是我的錯覺。

我熱得受不了，脫下了外套。全身的毛孔紛紛張開，不停地噴汗。我再脫下罩衫，將白襯衫的袖子捲起來，聚集於教室內的熱氣卻還是絲毫未散。

「好熱！」

我開始發牢騷。

「簡直就像是──」

簡直就像是炎夏的氣溫。

也就是說，現在的我該提出的疑問只有一個。

現在，是什麼季節？

第四章

有經驗的人就知道，晚上獨自走在校舍裡有多恐怖。

我將外套披在肩上，慢吞吞地走出社團教室。下樓梯盡量不發出聲音，每到走廊的轉角就學忍者東張西望一番，真的是相當耗神的工作。雖然還不知道這是何年何月何日的北高，不過要是被值班的老師看到就傷腦筋了。我也不知要如何解釋。我還希望有人解釋給我聽呢！

我在霧濕的大氣中，汗水淋漓地移動，終於來到了玄關。

「接下來，會出現什麼呢……」

如此說道後，我就打開自己的鞋櫃，裡面放著別人的拖鞋。我很確定那不是我的。附近的人開錯櫃子，換錯鞋的可能性也立刻就被我剔除。現在的季節是盛夏，我又跳入了另一個時空，像這種程度的聯想力我還算有。現在是置身於這個鞋櫃的主人不是我，而是別人的世界或是時代中。至於自己沒有想像中來得吃驚，不知是因為早已習慣異常，還是因為連驚訝的餘裕也消失殆盡。

「沒辦法了。」

直接穿拖鞋出去固然不好看，但我現在沒有選擇的餘地。先離開校舍是當務之急。不愧是晚上的玄關口，果然大門深鎖。我只好躡手躡腳走向附近的窗戶，解開內側的鎖，小心翼翼地打開。我將帶有草香味的夜風深深吸進肺部，再跨過窗框一躍而下，跳到石階上。就是以前在閉鎖空間，春日把我叫醒的地方。

我大概停了十秒鐘左右，確定沒有人看見我，才開始行動。

出了校舍還是一樣熱。這是日本特有的潮濕兼悶熱的夏日高溫。我剛從嚴寒的季節過來，汗腺張開得可厲害啦。我用冬季西服擦拭臉上不停滴落的汗水，朝校門口走去。

出校門就簡單了。我感謝學校形同虛設的保全，只要爬上鐵柵欄就萬事ＯＫ了。一從校內出到校外，我馬上撿起事先丟到地面上的外套，仰望了一會兒星空，思索下一個目的地。

目前，我必須先知道現在是幾月幾日的幾點幾分。畢竟過去和未來差別可大囉。

先下坡再說吧。途中應該有家便利商店。如果跑進附近的民宅詢問：「今天是幾月幾日？」，恐怕會有被當成是精神失常的高中生，而遭到相關單位逮捕之虞。還是去不用問就可以知道日期和時間的地方保險一點。

「不過，還真是熱啊……」

雖說我穿著冬季制服，本來就很熱，可是連被汗水浸濕的褲子內側也黏在腳上，真的很讓人鬱悶。此時我真恨透了聚酯纖維的開發者。而且這件制服冬天又不保暖，真的是中看不中用。

我會開始抱怨這些，可見我的大腦又恢復運轉了。與其在冬天受凍的同時巴望春天來臨，我更喜歡一邊抱怨夏天的酷熱，一邊搧著團扇。況且，高一的夏天有太多太多的回憶了。儘管全是疲勞過度、全身無力、目瞪口呆之類的，不過只要熬過去就算是不錯的經驗。起碼看到了朝比奈學姊穿泳衣的迷人模樣呀。冬天的話，就幾乎沒辦過任何ＳＯＳ團風格的活動。

腦中一邊想著錯過的火鍋味道，一邊走下坡，十五分鐘之後終於看到明亮的標的物。那家放學途中，偶爾會進去祭祭五臟廟的便利商店。至少我又確定了一件事。現在不是這家店蓋好以前，也不是撤店之後的時間。

我等不及自動門打開，一進去就朝牆上打量。花了點時間才適應冷氣的清涼。在那段期間，我不斷朝那個類比式掛鐘投以熱切的視線。

八點三十分。

現在天色已暗，所以一定是晚上八點。

可是，日期呢?今天是何年何月何日?櫃檯前展示了好幾種報紙。哪一種都好。我順手拿起最前面的體育報，抽出一部分以超特急速度翻閱。上面報導了什麼都無所謂；全部都是誤報也沒關係。即使是內容編得天花亂墜的小報，在報紙最上頭印的日期還不至於作假吧。

游移的視線在某處定住，我看到了。

一般人認定的幸運數字雙連號，映入我的眼簾。

幾年？我幾乎像是要舔下去一般，確認上面印的西元年。店員大哥似乎不耐煩的看了我一眼，但我顧不了那麼多了。

那四位數的數字，我看了好幾遍。將剛才我置身的那個十二月時代的西元年，減去印在這體育報上的西元年數字，是很簡單的計算題，連小朋友都會。

「原來是這麼回事啊，長門……」

我從報紙中抬起了頭，深深嘆了一口氣，望向天花板。

普天同慶的七夕情人節。

現在，是三年前的七月七日。

三年前的七夕。今天這一天發生了什麼事？

宛如狂想曲一般的「今年」的七夕，大夥在社團教室寫好短箋許願之後，我就應朝比奈學姊之邀，回溯時光來到了這一天。然後，我見到了大人版朝比奈，她催促我趕往夜裡的東中。於是，我就撞見了正要爬上校門的國一生時代的春日，被她拖下水，在操場上用石灰書寫要發給外太空的訊息。

接下來，我帶著遺失了類似時光機，名叫ＴＰＤＤ這件物品的朝比奈（小），到長門的高級公寓去，兩人一起在那裡沉睡了三年，才回到原來的時間……

「也就是說……」

這是比減法還簡單的計算題。只要將記得的事情全數回想起來就行。沒錯，我終於掌握到了，讓失序的世界復原的必要狀況。

是吧？是這樣沒錯吧？

我的腳之所以抖個不停，絕對不是恐懼使然。而是因為有重大任務必須完成才會緊張的顫抖。

三年前。七夕。東中。神秘圖案。約翰．史密斯。

各種要件漫無頭緒地在我腦海裡盤旋，終於有了結論。真的是既簡單又明瞭的結論。我再說一次。

「也就是說……」

「她們」就在「這裡」。

誘人的魅力朝比奈（大）和待機模式的長門有希。

兩名能助我一臂之力的人才，都存在於這個時間點。

我丟下報紙，不顧一切的衝出了便利商店，一邊跑一邊思考。

第一次來到三年前——也就是現在——的時候，在光陽園站前公園的長椅把我叫醒的朝比奈學姊，曾經說過「現在是晚上九點」。只要跑個三十分鐘的話，應該還來得及趕到那裡。問題是，某人造成的世界變化不知道有沒有波及這個時間點。假如有，那我就不應該出現在這裡。無論如何，我一定得和朝比奈（大）或是人在高級公寓裡的長門接觸。要不就兩者都接觸。那麼，我該前往的目的地就有兩處了。不過目前我該先去那裡。

住在公寓的長門待會再去也是見得到。可是朝比奈（大），就只有那個時間地點才能見到。以女教師的穿著打扮來訪的成長版朝比奈，就是給我白雪公主的暗示之後，就立刻打道回府，比朝比奈更未來的朝比奈小姐。她戳著睡美人朝比奈（小）的臉頰，笑得很開心的模樣，就像是昨天才發生似的記憶鮮明。

那位朝比奈小姐一定知道我。應該是這樣沒錯。

那座公園離站前不遠，四周人煙卻相當稀少。可能夜也深了吧。對只在晚上出沒的可疑人物來說是絕佳場所。這裡是怪胎的聖地嗎——上次七夕那天我是這麼想的，現在也還是這麼想。

我不好明目張膽登場，只好摸黑沿著環繞公園的磚牆走著。雖說是牆，其實高度只到我的腰部，上頭則裝了和我身高差不多的鐵絲網。周圍則有等間隔種植的樹木。白天就算了，晚上要在不被公園內發現的情況下窺伺其中可是簡單的很。需要特別當心的應該是背後人行道上的行人投來的異樣眼光。

我回想當時醒來的那張長椅所在的位置，小心翼翼地沿著磚牆移動，尋找絕佳的偷窺地點。

時間正好是晚上九點多。

所謂的偷窺應該就是我正在做的事吧。伸長脖子，從茂密的樹叢中望出去後，我終於看到想看的景象。

「……就是那個吧。」

感覺很像是在看電影裡演出的自己一樣，也像是在夢中客觀地俯瞰自己的模樣。

「可是，這又該如何解釋……」

被街燈照耀的長椅，像是沐浴在聚光燈下似的，於黑暗中浮現出來。距離有點遠，但我絕對沒有看錯。兩人都穿著北高的制服。一切都跟記憶中一樣。

過去的我和朝比奈學姊就在那裡。

那個「我」躺得平平的，枕著朝比奈學姊的大腿睡覺。要說沒夢見令人垂涎的美夢，那才是騙人的。用世上最貴重的寶貝當枕頭，還睡得不安穩的話，那這世上安眠的要素就等於不存在了。

被當作膝枕的朝比奈學姊頻頻偷看自己大腿上的我的睡臉，又是在我耳朵旁吹氣，又是拉著我的耳朵玩。真教人羨慕……不對，我怎麼羨慕起自己來了。

有一瞬間，我真想上前拉開「我」取而代之，但我還是壓抑住了那股衝動。當時的「我」並沒有看到另一個我。要是我在這時候衝出去，帳目就不符了——是吧？時空已經夠混亂了，可容不得我再插一腳。

我克制住無關理智的身體衝動，繼續執行Peeping Tom（講白一點，就是偷窺狂）的任務。（譯註：Peeping Tom是一句俚語。典故是緣自古代偷看裸體遊街，以阻止領主丈夫課重稅的Lady Godiva，最後眼睛瞎掉的男人湯姆。）在如此亂狀下仍能保有自我的我，比較有人格。想著想著不禁有點得意。

我就在那樣的感慨之下進行觀察。朝比奈學姊動了動櫻唇，似乎在說些什麼；睡在大腿上的「我」稍微動了一下，之後緩緩起身。我目前的位置聽不到講話聲，可是我記得很清楚。朝比奈學姊應該是說「你醒了？」

「我」和朝比奈學姊講沒幾句話，她就疲累的把頭擱在「我」的肩上——

長椅後面的草叢沙沙作響，那位人士登場了。

穿著白色長袖上衣，搭配藍色緊身迷你裙的女教師裝扮，我是不可能忘得掉的。

五月快結束時，她寫信叫我出來，給了我白雪公主的提示。順便還告訴我星形痣的位置。然後在這一天，也就是七夕這一天，又讓朝比奈（小）睡著，指示我前往春日的所在地，沒多久就不見蹤影了的……

朝比奈大人版。

身高和身材都長大了好幾年份，比未來人朝比奈又更未來的身影，正是朝比奈（大）。

跟當時一模一樣。

真的。我人就在三年前的七夕那一天。而發生的事就跟我腦海裡的記憶一模一樣。

朝比奈（大）對著「我」說了幾句話後，蹲下來戳戳朝比奈（小）的臉頰，摸摸她的身子，又站起來跟「我」說了什麼。

——把你帶到這裡來是她的任務，今後引導你就是我的任務了。

——啊……這到底是……

應該就是像這樣的一段對話吧。

對著呆若木雞的「我」，交代完所有事情的朝比奈（大），接著就毫不留戀的走出公園。從街燈的光線中退場。我現在才注意到她是從和東中反方向的公園出口走出去。

「我」仍舊是一副呆相，直盯著睡美人朝比奈（小）的側臉不知道在想什麼。本打算回憶

「我」是想幹嘛，幾秒過後我就放棄記憶回溯之旅。現在可不能追丟朝比奈（大）啊。

我奔出隱蔽的樹蔭，快步走向公園外側。沒有必要隱藏行蹤，因為在我是「我」的時候，「我」並沒有看見我。這時候的「我」，注意力根本就不在從另一個時空過來的我身上，當然也不會料到還有另一個我。這是理所當然的道理，過去的「我」怎麼可能想得到我的時空竟會轉換到此。沒空理那個被背上的朝比奈學姊佔去所有注意力，顧不得其他事的「我」了，我逕自開溜。

過了公園的轉角就看到了她，她在百公尺遠處。背對著我向前走。高跟鞋的卡卡聲聽起來很有韻律感。看起來不像是在趕路，不巧我正好有急事要找她。要是在這時追丟了，那我可真不知辛苦這一趟是所為何來。

我再度加快腳步。走到她附近之後，只見在夜晚微弱的光線下，她頎長的四肢和飄逸的半長髮閃閃發光。雖然只看到背影，但我非常確定是她。

我很快就追上去，叫住她：

「朝比奈小姐！」

她停住了。踩著輕盈步伐的高跟鞋聲音中止。背上柔軟的栗色長髮微微地晃動著。恍若慢動作一樣。她慢慢地回過頭來。

我不禁猜想她會說什麼。

——為什麼？我們不是才剛道別嗎？

——你一路追著我過來的嗎？……不會吧。

——咦？另一個我呢？

結果都不是。

「晚安，阿虛。」

和記憶中一樣美麗的容顏，綻開豔麗的笑容迎接我。

「『和你』真是許久不見了。」

大人版朝比奈說完後眨了眨眼睛。的確是睽違五個多月之久的那張笑臉。

朝比奈（大）露出寬心的童稚表情說：

「太好了。我們又在此相會。其實我有點不安，很怕我又不小心犯錯。」

雖然現在也是小錯不斷，如此說道的朝比奈小姐可愛地伸出了舌頭。那真是會讓人身子骨都癱軟掉的迷人動作，但我要是在這裡化作一灘爛泥的話，就什麼都沒了。

這位朝比奈小姐知道我接下來該怎麼做。

我設法控制住不聽使喚的舌頭：

「朝比奈小姐，妳早就知道我又會來……知道在這個時間，這個地點，我會再來一次是嗎？」

「是的。」朝比奈小姐點了點頭。「因為這是既定事項。」

「在七夕那一天，小朝比奈將我帶到三年前的七夕……也就是今天。要她將我帶來這裡的就是妳吧。」

「是的。這是最必要的前提。不然，你現在就不會在這裡了。」

假如我沒去東中的校園畫地上畫，就不會跟現為國一生的春日謊報姓名為「約翰·史密斯」。當然，那位讀光陽園高中一年級的春日也不會知道那個名字。換句話說，我就無法找到彼此的連繫。因為除了那個名字以外，直到剛才都還跟我在一起的那位春日和我之間根本毫無接點，結果就是五人不會齊聚在社團教室，逃離程式也不會啟動。

在此，發生了個疑問。另一個約翰·史密斯……難道是！

「就是你。阿虛，就是現在的你。」

朝比奈（大）給了我一個像是白薔薇般的微笑。

「站著講很累，找個地方坐下來吧。反正還有時間。」

她的笑容和話語所具有的力量，足以去除我全身的焦燥和混亂。

既然朝比奈（大）在這裡，就表示未來確實存在。不是以十八日為分水嶺的混亂世界的未來。而是我和我所熟知的春日以及朝比奈學姊的未來。

會有辦法的。

我得到了叫人安心的堅定自信。她像是要加以證明似地說道：

「今後引導你是我的任務。可是，在那之後，你就得自己引導自己了。我只會順從你的意志。」

然後，她又拋了個媚眼。那是會讓人膝蓋軟掉的完美秋波。

我們又回到剛才的公園，重新坐在「我」和朝比奈（小）坐過的長椅。在坐下前，朝比奈（大）的表情像是在接觸祖先遺物似的，輕輕撫摸長椅。我也不自覺的以肅穆的心情坐下來。椅子還溫溫的，那是五個月前，來到三年前的我和朝比奈學姊的體溫。

我立刻發問：

「時間的流動出問題了嗎？我知道我剛才存在的時間，和這個七夕是相連的。如果不是這樣，我就不會來到這裡。那麼，朝比奈小姐……妳的未來和剛才改變的時間不就沒有聯繫了？」

「我不能告訴你詳情。」

我想也是。因為這是禁止項目之一吧。

「不是。」

朝比奈（大）搖了搖頭。

「是我無法解說到讓你明白。我們的STC理論是建立在特殊概念的方法論上。要用言語說到你聽懂，實在太難了。你還記得我第一次告訴你我真正身分那時的事嗎？」

記得，我在河岸旁落英繽紛的櫻花樹下，聽著一直只以為是個可愛學姊的朝比奈發表驚人的未來人發言。

「當時的我，不是說了一些讓人摸不著頭腦的話嗎？就是那樣。我說了，也只會讓你更加混亂而已。」

朝比奈（大）像是在叩叩敲打似的戳戳自己的側頭部，同時眨了眨眼睛。沒什麼大不了的一個小動作，她做起來都好性感。

「不使用言語的概念，只能透過言語以外的東西來傳達。懂了嗎？」

不懂。朝比奈小姐用在對幼稚園小朋友解說微積分似的語氣，對暈頭轉向的我繼續解說：

「嗯，可是，到時候你就懂了。一定的。我現在只能跟你說這些。」

到時候你就懂了——這句話在暑假前好像也有人跟我說過。對了，是長門，長門也跟我這麼說過……慢著。

突觸（譯註：synapse，兩個神經原的相接處）突然湧現靈感，讓我有了以下的反應。

「暑假前……長門在巨大蟋蟀事件中提過的那個……未來的電腦不是像現在的這種東西，該不會就是……」

「啊，厲害。你還記得？沒錯。我們相當於這個時代所說的電腦或是網路的系統呢，嗯——並不存在於物質上。而是無形地存在於我們的頭腦中。TPDD也是那樣。」

不應該不見卻消失的那個東西。

「那是時光機器嗎？」

「是Time Plane Destroyed Device。」

那不是禁止項目之一嗎！

「嗯，對當時的我來說，那的確是無可奉告的項目。不過現在的我，規定已經緩和許多。我可以來到這裡，就證明我非常努力。」

朝比奈小姐得意地挺起胸膛，上衣的前釦幾乎都快綳開了。物理上不可能存在的均衡比例被突顯出來，向來會使我目眩神迷，遺憾的是，我在精神上已沒有閒情用眼前的光景來養眼。

我繼續詢問：

「原因是什麼？我知道自己存在的未來有了改變，可是，是什麼時候開始改變的？」

「詳細情形你去問在這個時間的長門同學會比較清楚。我只能告訴你一件事。你所在的時間平面的改變，就發生在距『今』三年後的十二月十八日早晨。」

照我的感覺，是兩天前的事。是時間平面改變了？這麼說……我又重新從記憶裡挖出古泉說的兩種解釋。非平行世界的那個解釋，才是正確解答。

「對。STC檔案一夜之間……呃，世界自己起了變化。只有你的記憶留了下來。那是從遙遠的未來也能觀測到的巨大時空震動。」

我不是對STC和時空震動等術語沒興趣，只是我現在沒空深究那些微不足道的小事。眼前還有更重要的問題要問。

「朝比奈小姐之所以在這裡等待，是為了要解決這場我也被牽連進去的未來異變嗎？」

「光我一個人是辦不到的。」她的臉色暗了下來，「還需要長門同學的協助。當然，沒有阿虛你也不行。」

「誰是始作俑者？我怎麼想都是春日。」

「不是。」

朝比奈小姐收起笑容，幽幽說道。

「不是涼宮同學，犯人另有其人。」

「是新的登場人物嗎？像是我不認識的異世界人之類的——」

「不是。」

打斷了我的話，朝比奈小姐不知為何語帶憂心：

「是你也很熟的人。」

朝比奈（大）看看手錶，說還有點時間，就懷念地聊起了ＳＯＳ團的回憶。對我而言那些回憶全是這一年內發生的事，對她而言卻是多年前的往事。從被春日強行拉到社團教室開始，強制當兔女郎、七夕的祈願、在孤島遇到的殺人事件，于蘭盆會穿浴衣、團員大家一起做的暑假作業、拍電影出外景時所發生的林林總總……隨著我的記憶淺層的部分一一被勾起，朝比奈（大）的語調也越來越慢。

我很想聽自己的未來插曲，一直期待她說溜嘴，但朝比奈小姐卻相當謹慎。話題都僅限於閒話家常。

「雖然很辛苦，卻是很棒的回憶。」

最後加上一個總評當作句點後，朝比奈小姐就噤口不語，一直默默看著我。

我還在想該說些什麼感言才好，頓時有柔軟又溫暖的東西靠在我肩上，那是朝比奈（大）的頭，她的這種行為究竟隱藏了何種含意？她貼在我身上的重量，價值一定等於同重量的黃金——讓我的腦漿掀起異想漩渦的那股芳香與重量，不斷傳導到我的神經，在在都讓我的思考停擺。透過襯衫布料傳遞的軟玉溫香，她到底想傳達什麼呢？想從我身上感受到什麼嗎？閉上眼睛，將臉靠在我肩上的朝比奈（大）的櫻唇雖然沒出聲，但我感覺它有在動。她確實不出聲的在喃喃自語些什麼。會是什麼呢？

不會吧……我又開始神遊物外。難道朝比奈小姐會就此睡著，接著背後出現另一個朝比奈小姐，再跟我說一些莫名其妙的話？我就這樣永遠留在這個時間點，不停地遇見不同時代的朝比奈小姐——不行不行，我的思路又如同脫水機裡的洗滌衣物一樣，老在同一處打轉。我到底在做什麼？拜託哪個好心人快告訴我！

朝比奈（大）靠在我身上大約一分鐘之後。

「呵呵。」

像是看穿我的心思似的，微笑著說：

「時間差不多了。我們走吧。」

若無其事地站了起來，雖然很遺憾，我也不得不回神。是啊，不走不行了。呃——要走去哪裡？

第二個目的地。

朝比奈小姐的手錶是晚上十點。正是「我」擔任國一生春日的共犯，在東中的操場塗鴉完畢，牽著不斷哭泣的小朝比奈的手，進入長門公寓的時間。正好是那個「我」的時間凍結了的時機。

又得去麻煩長門了。

「在那之前——」

朝比奈小姐綻放出讓人怦然心動、有如滿天星斗般的燦爛笑靨：

「你還有一件事情得先做才行不是嗎？」

離開公園一段路程後，就進入了住宅區。

我照著朝比奈小姐的指示，一腳踩進了巷子裡。

夜路的前方，有個走路有風的嬌小人影。從T恤短褲伸出的纖瘦四肢，和半長不短的頭髮不慌不忙地晃動著，越走越遠。

「喂！」

遠處那個穿T恤短褲的小小身影回過頭來。確認對方注意到我後，我將手圈成喇叭狀，硬著頭皮放聲嘶吼：

「請多多關照把世界搞得轟轟烈烈的約翰．史密斯！」

那位國一女生，朝我這邊打量了一會，不知為何又勃然大怒地轉身，邁步往前走。

她八成在想，反正去北高搞不好就可以找到我，才會毫不迷惘的轉身離去。對著那頭半長不短的漆黑長髮，我小聲地補充了一句：

「拜託妳一定要記住喔。春日。妳一定要記住約翰．史密斯這個名字……」

我對著這時才十二歲，未來想必會在東中繼續胡作非為的春日，衷心地祈禱著。

請不要忘記。我曾經來過這裡。

去那棟高級分售型公寓的路程，我已經完全謹記在心。就算眼睛閉上也能走得到。在慢步走在我斜後方的朝比奈（大）陪伴下，我抬頭仰望那棟二十幾小時前才剛來過的嶄新建築物。明明人都還沒有出來，朝比奈（大）就躲到了我背後，蜷縮起她的好身材。

「……阿虛，拜託了。」

見她如此苦苦哀求，實在沒有拒絕她的理由。不管妳是哪個時代的朝比奈，我都不會是無視妳要求的乖僻傢伙。

「對不起，我現在對長門同學還是有點怕怕……」

對了，朝比奈（小）在社團教室裡，還有上次來到這裡時也是這樣。除了春日以外，對外星人和未來人的態度都不偏不倚的，就只有古泉了。

「沒關係，我可以理解。」

我體貼地說道，對著玄關入口的介面板按下７０８的數字，再按下印有電鈴標示的按鈕。幾秒鐘後發出咚的一聲，對講機有人接聽。

無言和無聲的二重奏成了回禮，傳到我的耳邊。

「長門，是我。」

——沉默。

「抱歉，我也不知道要怎麼跟妳說明這個情形。總之我又從未來過來了。朝比奈小姐也在。是大人版的。呃，那是叫作異時間同位體嗎？」

——沉默。

「我想請妳幫忙。畢竟，把我丟到這個時空的人就是未來的妳。」

——沉默。

「我和朝比奈學姊應該都在妳家吧。就睡在時間被凍結的客房裡……」

鏘的一聲，玄關門鎖打開了。

『進來。』

長門透過對講機傳來的聲音，聽起來格外舒服。一如往常冷淡又平靜，沒有抑揚頓挫的聲音，雖然似乎夾雜了驚訝和愕然的旋律，不過這應該是我多心吧。長門是無所不能的。即便是這種狀況她也一定有辦法搶救。否則我就慘了。

彷彿是穿著高跟鞋走上圍牆似的，朝比奈小姐用手指頭勾著我的皮帶，緊張感十足。電梯張開嘴巴，將我們倆吸納進去後直線上昇。

最後，來到了熟悉的708號室。

門口有電鈴，但現在不能按。我敲了敲不吵人的大門。門板的另一端，我感覺不出有人在的氣息，可是鐵門很快就打開了。

「…………」

戴著眼鏡的巴掌臉從門縫窺看。先是盯著我瞧，接著又將視線飄到朝比奈（大）身上，最後又回到我這裡。

「…………」

面無表情又不發一語，反應空洞到幾乎想讓人拜託她隨便講幾句感言也好。這確實是長門。初次碰面時的長門有希。無人依靠的春天那時的，還有「我」在「三年前」來拜託當時的，原汁原味的長門。

「可以進去嗎？」

經過陷入沉思的一段沉默後，長門將下巴向下點了一釐米左右，旋即走進屋內。那似乎是她表示YES的首肯。我對躲在我身後，屏氣凝神的美女說：

「走吧，朝比奈小姐。」

「嗯……是啊，一定沒事的。」

這句話像是在說給她自己聽。

話又說回來，我造訪這裡是第幾次了？就紀傳體而言是第四次，以編年體來算就是第二次了吧？（編註：紀傳體是以人物為中心線索來編寫的史書體裁，由司馬遷首創。編年體是按照年月日先後順序來記述史實的史書體裁。）我自己的時間順序都漏洞百出。想想真是佩服我自己，體內的生理時鐘居然沒亂掉。從冬天跳到夏天，三年前還來過兩次，身體如果出狀況也不足為奇，但現在的我，卻完全正常。而且我現在的思緒還是出生以來數一數二的清楚。是習慣了嗎？時常與這種不像是現實的狀況周旋，換作是一般人，神經回路搞不好早就燒斷了。

長門這間毫無生活感的屋子，依舊以和記憶中一樣的冷清景況，映照在我的視網膜上。和以前的「三年前」沒什麼兩樣，和五月初次造訪時也是一樣的情景。

令人安心的是，長門依舊是在我認知範圍內的那個長門。還是那個面無表情、沒有喜怒哀樂，發生任何事都不會驚惶失措，萬無一失的外星人。

我脫下鞋，踏入鋪了地板的細長走廊，走進客廳。長門就在那裡等著。她孤零零地站在那裡，無言的凝視我和朝比奈小姐。就算她內心對我們的來訪深感驚訝，我從她臉上也看不出任何一絲外露的感情。說不定我從未來過來串門子這檔事，對她而言不過是家常便飯。儘管我也不希望自己老是時光跳躍到這一天。

「應該不用自我介紹了吧。」

長門沒有坐下，所以我和朝比奈小姐也站著。

「這一位是朝比奈大人版。妳以前也見過的。」話才剛說出口，我就想起那是三年後的事，「不，妳們以後會見面。總之，這一位也是朝比奈小姐沒錯，不要太計較。」

長門對朝比奈（大）投以像是在看全國模擬考數學ＩＩＢ考題一樣的眼神，接著朝客房掃射了一眼，最後又將眼光落在藏在我身後的性感身材上，說道：

「了解。」

她輕輕頷首，頭髮連動都沒動。

追逐著長門視線的我，還是很在意那裡。位於客廳隔壁，用紙門隔開的特別房間。

「可以打開嗎？」

長門對指著客房的我搖了搖頭。

「不能開。那間房間的構造體整個的時間都凍結住了。」

我聽了後是既遺憾又安心。

脖子上傳來溫暖的氣息。是朝比奈（大）吁出的輕柔嘆息。她似乎和我有同樣的感想。要是看到和我相親相愛同床共枕的自己，朝比奈（大）不知會作何感想？我很想問問看，但目前說明原委更為要緊。

「長門，每次都沒說一聲就直接上門來，真的很抱歉。總之，請妳先聽我把話說完。」

在隔壁房間被凍結的「我」是說到哪裡了？是七夕事件前的ＳＯＳ團團史嗎？那麼，我只要接下去訴說，在憂鬱的春天過後，忍受了春日的煩悶的林林總總，害我嘆息不已的電影拍攝與日後約半年期間發生的故事即可。對，當時長門妳也在。我被妳的行動所救，因為妳而驚慌失措，經歷了許多事之後，直到前天早上醒來，世界就變了樣。我想知道為什麼那些記憶會突然不見了，才藉由長門提供的緊急逃離程式的協助，來到這裡。

一提起詳情可要花費不少時間，於是我就再覆誦一遍跟春日講過的那套摘要版。跳過細節，只講故事的大綱。對這傢伙而言，這樣就足夠了。

「……事情就是如此。我又回到這裡，全是託了妳的福。」

證據比理論重要，我從外套口袋取出了皺巴巴的書籤。以把符咒交給幽靈似的心情，將書籤拿給長門看。

「…………」

長門用指尖抽走書籤，略過正面的花朵圖案，視線落在背面的文字上，用像是在白堊紀的地層挖出液晶電視的考古學家一樣的眼神打量著那張書籤。看她好像打算盯著那張書籤一輩子似的，我便用問題打斷了她的審視。

「我該怎麼做才好？」

「我，我想要修正這異常的時空間。」

朝比奈（大）的聲音，緊張的像是要跟心儀的男性示愛。面對長門，一直都戰戰兢兢的朝比奈的習性，過了好幾年似乎仍舊沒變。這時候的我是這麼想的。

「長門同學……希望妳可以協助我們。能將改變的時間平面恢復原狀的人就只有妳了。拜託……」

朝比奈（大）像是在膜拜神社的神像，雙手合掌，眼睛閉得緊緊的。長門大明神，我也要求祢大發慈悲。讓我重回在社團教室裡見得到朝比奈學姊，喝得到她泡的茶，可以和古泉玩桌上遊戲，然後妳會在面前如雕像一般的閱讀，春日總是衝的闖進教室的那個世界。我的心願就只有這個而已。

「…………」

從書籤中抬起頭來的長門，以真摯的目光凝視空中。我能理解朝比奈小姐為何會那麼緊張。和長門意見對立根本就沒有勝算。試問這世上有誰能跟長門打成平手？大概就只有春日吧。

隔音設備完善的這間高級公寓，幾乎沒有任何聲響。靜謐的像是時間停止了似的。長門和我四目相對，我看到了她以釐米為單位的首肯動作。

「我去確認一下。」

長門說。我正欲問她要確認什麼時，她就閉上了眼睛。

「…………」

沒多久她又張開了眼睛，漆黑的眼眸望著我。

「無法同期化。」

發出短促的連音之後，就一直看著我。她的表情有了微妙的變化，這次應該不是我的錯覺。那是這傢伙春天以後到夏天之間的表情。連古泉也注意到的，自認識我們之後，表情就逐漸在變化的長門。但是，還不到冬天左右的長門。

她淡紅的唇微啟：

「我無法存取那個時代的時空連續體。因為它設有會選擇性排除我要求的防護系統。」

我聽不懂卻深感不安。喂喂，等一下。妳的意思是說「無計可施」嗎？

長門對我的危顫不安置若罔聞。

「但是，我已掌握了事情的脈絡，再修正是可能的。」

長門輕柔撫摸著書籤上的文字。接著，又以新雪堆積般的聲音開始說明：

「那位時空改變者，將涼宮春日的資訊創造能力作最大極限的利用，使構成世界的部分資訊起了變化。」

熟悉的平靜聲音，像是嬰兒時代聽的音樂盒樂聲那般低沉，安定了我的心靈。

「因此，改變後的涼宮春日沒有任何力量。沒有創造資訊的能力。在那個時空裡，資訊統合思念體也不存在。」

我聽不太懂，但情況似乎很嚴重。原來春日周遭的人，除了我以外，全都孕育出新的過往。女校變成了男女合校，北高的學生群，部分被分割到另一間學校去了。而且神不知鬼不覺的將相關人士的記憶全部竄改；「機關」派來的人、外星人長門、未來人朝比奈學姊過起了完全不同的人生。還讓朝倉再度登場，從北高學生的腦中抹滅春日存在過的記憶，創造出朝倉在而春日不在的歷史。連長門的頭頭都被消除了。

真是亂七八糟。

「藉由自涼宮春日身上竊取的能力，時空改變者得以修正的過去記憶資訊，是三百六十五日期間的範圍。」

也就是說，從去年的十二月——以我過來的時間點而言——改變到今年的十二月十七日為止就對了？三年前的七夕——也就是今天——對方就鞭長莫及了。幸好春日記得七夕當天的事，我才得以來到這裡。可是，到底是哪個傻瓜，做出和春日一樣的蠢事？

長門的視線始終沒離開我。

「要讓世界恢復原狀，就要從這裡前往三年後的十二月十八日，在時空改變者執行該行為後，啟動再修正程式即可。」

那麼，我們待會就得到三年後的未來嘍？幫我再修正的人，就是妳吧？

「我不能去。」

為什麼？

當長門指向客房的瞬間，我就明白了。

「我不能丟下他們不管。」

根據長門的解說，要持續凍結睡在裡面的我和朝比奈學姊的時間，就不能離開這個時空。

爾後她又用宛如報時的聲音說：

「緊急模式（Emergency mode）。」

「那是要怎麼做？」我有點急了。

「調合。」

說了跟沒說一樣。

長門慢慢摘下眼鏡，用兩手包起來。彷彿有看不見的線吊著，掌心上的眼鏡浮了起來。如果是看到一般人這樣做，我鐵定會認為那人的手指上黏了一條隱形線。當然，長門不會做那麼普通的事。

扭曲。

鏡架連同鏡片都歪掉了，形成了奇怪的漩渦狀，瞬間那副眼鏡就成了別的物體。那個形狀我見過。是我避之唯恐不及，只要身為人類本能就會對其產生恐懼的器具。

我躊躇地下評語：

「看起來很像是超大的注射針筒……」

「沒錯。」

無色透明的液體充滿整支注射針筒。那種東西到底是要注射在誰身上呀。

「對時空改變者注入再修正程式。」

看到從針筒伸出來那支銳利的針頭，我反射性地移開了目光。

「請問……沒有更穩當的方法嗎？很遺憾，我對這方面可是完全外行。萬一刺錯了地方，那就糟了。」

長門漆黑如電源關閉的液晶顯示器顏色的眼眸，看向了她握住的針筒。

「是嗎？」

兩手再度張開，針筒又再度化為漩渦狀，成了另一個物體。看出那個物體的形狀後，我倒抽了一口氣。

「又是會引起大騷動的東西……」

這次是手鎗。不過口徑過小，材質則近似不鏽鋼。

長門將散發金屬光澤，如同新型模型槍的小手鎗放在掌心上，交給我。

「穿透外衣射擊的成功率很高，但是如果可以，還是直接射進皮下比較好。」

「子彈呢？不會是實彈吧？」

從外觀看來，這好像是鋁製或是塑膠製品。

「短針鎗。針頭上塗有程式。」

比起用粗大的針筒，用這個我在心理上比較不會排斥。我接過了鎗，為它的輕巧感到驚訝。

「對了，」

我終於提出先前不敢一問的問題：

「誰是犯人？改變世界的究竟是誰？如果不是春日，那究竟是誰？告訴我吧。」

我聽見朝比奈（大）微微地吸了一口氣。

長門淡淡地開口，面無表情地告訴了我那傢伙的名字。

第五章

「…………」

我始終找不出適合的評語。此時，長門轉向朝比奈（大）。

「我傳給妳目標物的時空間座標。」

「啊，好的。」

朝比奈（大）像頭要跟人類握手的忠實大型犬一樣，伸出了一隻手。

「請……」

只見長門的手指輕輕點了一下朝比奈（大）的手背，緩緩地抽回……就這樣？不過朝比奈（大）也是一副這樣就ＯＫ的樣子。

「我明白了。長門同學。只要過去那邊修正『她』就可以了吧。這並不難。那邊的『她』應該沒有任何力量……」

未來人似乎下定了決心，作出握拳狀，但外星人說話了：

「等一下。」

沒戴眼鏡，以素顏示人的長門淡淡地說：

「那麼一來，你們也會被捲入時空變化中。得施以對應措施才行。」

然後就默默地伸手過來。

「手。」

幹嘛？是要握手嗎？我乖乖伸出了右手。長門冰冷的手指握住我的手腕，害我心跳加速了一下下。

「…………」

長門那張沉鬱的臉突然靠近我的手臂。

「哇！」

我不由自主喊出聲。那是無法避免的反應，我想。蹲下來的長門，不僅用嘴唇輕觸我的手腕，還露出了牙齒。如同在電影中不斷出現的，她對朝比奈學姊的咬人攻擊。

痛是不痛啦。像是在逗弄三味線時，牠常做的不含敵意的假咬。只是，被小小的犬牙刺進肌膚的感觸，有點刺刺癢癢的。感覺上有東西刺進去，但不會很痛。或許是因為長門的唾液裡混有麻痺痛覺的物質吧。簡直就像是被蚊子叮了一樣。

長門咬住我的手五秒還是十秒後，才慢慢地抬起頭來。

「你的身體表面，已經張設了操作資訊用遮蔽屏幕和防護罩。」

長門臉不紅氣不喘的說道，反倒是朝比奈（大）兩手摀住嘴巴，驚訝得不得了。我感到些

微的麻痺，看了看手腕。上面多了兩個像是被吸血鬼襲擊過的小洞。那兩個小洞在我注視的同時，逐漸癒合了起來，一點痕跡也沒留下。跟朝比奈學姊拍攝電影時一樣，我的體內也被注射了長門特製奈米機械。

「妳也要施打。」

在長門的要求下，提心吊膽的朝比奈小姐，顫抖地伸出一隻手。

「……好久沒讓妳施打了。那時候，真是麻煩妳了……」

「我是第一次幫妳施打。」

「啊，對、對喔。我又忘了……」

眼睛閉得緊緊的，未來人伸出的手腕正接受外星人的親吻洗禮。她被施打來歷不明的奈米機械的時間比我還要短。一打完，她就不停地乾咳。

「那麼，我們走吧。阿虛，接下來才是重頭戲。」

是嗎？那這次的熱身還真久！不過，我也是很拚命的在幫大家導讀呀。即便我也是千百個不願意。

「謝謝。」

我盡量維持冷靜的表情，跟屋子的主人道謝。沉默的長門毫無反應。表情上也看不出任何自我意識。然而不知為何，我總覺得站得直挺挺的長門顯得十分落寞。真的是因為寂寞嗎？就如我所猜測的那樣嗎？

「長門，後會有期。在我和春日過去之前，妳要好好在文藝社等我們喔。」

猶如被灌入生命的雛娃娃，出自外星人之手的有機生命體機械化地點點了頭。

「我等你們。」

這麼一句輕聲細語，在我心裡燃起了奇妙的火燄。雖然只是像忘記熄掉的煙蒂頭那樣的小小火星。我還沒弄清楚那個小小的火花是從何而來，朝比奈（大）就說：

「為了避免發生不適症狀。」

並重重戳了戳我的肩膀。

「你把眼睛給閉上。」

我照著她的話去做。朝比奈（大）似乎站在我的正前方，握住我的雙手。

「阿虛……」

這輕柔的呢喃聲真是太甜美了。她不會是要賞我一個吻吧？

「開始了。」

請請請。不管妳要親幾次都行，越激烈越好。我心裡正這麼想的當兒——

戲劇性的激烈目眩開始了。還好我閉上了眼睛。就算睜開眼睛，眼前也像是停電一般漆黑吧。我目前就像是坐在取下安全裝置的雲霄飛車上，血氣究竟是盡失，還是直衝腦門，自己都搞不清楚了。捉不到重心的浮遊感一直持續著。即使眼睛閉上了，還是感到頭暈。之所以沒有失去意識，全是拜手臂感受到的朝比奈（大）的體溫之賜。

這到底延續了幾分鐘？還是幾小時？我同時失去了空間辨識和掌握時間的能力，就快要撐不住了。好想吐喔，朝比奈小姐……

正當我失禮的用手摸索能替代嘔吐袋的東西時。

「嗯……到了。」

消失許久的腳掌著地的感覺又甦醒了。大地的冰冷透過襪子傳導過來。同時，地球作用在全身的重力也復活了。方才的嘔吐感像是幻覺似的突然消失。

「可以睜開眼睛了。太好了。這正是長門同學所指示的地點……和時間。」

我抬頭往上看。在夜裡的天空閃閃發光的是冬季星座，由於空氣清新，較夏天來得清晰可見。我轉個方向，認出了民宅屋簷上方的那個北高校舍頂頭。

我環顧四周，想確認所在位置。雖然夜色籠罩，但我不會認錯的。幾小時前，我人還在這裡。也記得綁馬尾的春日和換上體操服的古泉的模樣。

正好就是春日和古泉換裝的地點。應該只是偶然吧！

那麼，現在是什麼時候？

看著手錶的朝比奈（大）告訴了我：

「現在是十二月十八日的凌晨四點十八分。大約再五分鐘，世界就會起變化。」

由在二十日按下ＥＮＴＥＲ鍵，跳到三年前的我看來，十八日是兩天前。在那天毫無預警醒來的我，一如往常去上學，完全變樣的北高使我陷入恐慌狀態。不應該不存在的春日不見了，不應該存在的朝倉卻出現。朝比奈學姊不認識我，長門也成了普通人。

一切都是由這裡開始。我目前就位於起始的時間點。換句話說，也可以不讓它開始吧？我就是為了這個理由才站在這裡。

正當我整個人都沉浸在壯士斷腕的氣氛時——

「啊，鞋子！我忘了穿過來。」

朝比奈（大）慌張地小聲嘀咕著。

我們是直接從室內過來的，當然沒穿鞋子。不愧是朝比奈小姐，歲月的洗禮還是沒能讓她的神經變細一點。

「長門同學應該會好好幫我保管吧？」

她不安的言語，稍稍舒緩了我的緊張。一定會的。那傢伙連短箋都保存了三年。何況是鞋子，她一定不會扔掉的。不然妳下次抽空再去她的公寓，打開鞋櫃看看⋯⋯

正當我氣定神閒地這麼想時，身體突然像是有電流通過般震顫不已。

因為腳上原本就沒穿鞋，再加上突然從夏天跳到嚴冬，感覺還真不是普通的冷。我不由自主的想穿上拿在手裡的制服外套，卻瞥見朝比奈（大）雙手緊緊抱著身體。是啊，只穿著長袖上衣和緊身迷你裙的她，在這樣的低溫下，一定凍斃了。

「借妳穿。」

我將外套披在她顫抖不止的肩膀上。這樣的紳士舉動，連我自己都很滿意。

「啊，謝謝你。不好意思。」

不用客氣，這根本不算什麼。要不是有妳在三年前等我，我就無法再回到這裡了。光衝著這一點，就算是將我身上的衣物全剝給妳穿，也是應該的。

「呵呵。」

朝比奈（大）丟給我一個半數以上的觀者肯定會腿軟，性感與可愛混合得恰到好處的微笑後，隨即正色道：

「時間差不多了。」

說不定忘了將鞋子穿來才是對的，因為這樣走起路來就不會發出聲音。即使如此，我和朝比奈（大）還是連大氣都不敢喘一下，躡手躡腳地朝北高的校門口走去。我倆在轉角停了下來，像是要偷窺跟蹤的獵物似的只露出半張臉，視線緊盯住前方的夜路。

這一帶街燈的數目雖然很少，剛好門前就設了一根。像是擴散的聚光燈一樣，只有該處發出朦朧的光芒。光源雖然不是很充足，但是誰站在那裡，還是可以看得很清楚。

「來了……」

溫暖的手貼近了我的肩膀。朝比奈（大）急促又甜美的呼吸朝我的耳垂吹拂，換作是平常的我，早就陶醉其中了。但是我現在完全沒有那種心情。

時空改變者從昏暗的夜色走向街燈下。

是北高的制服。正是長門所說的那個人物。「那傢伙」就是竄改了我們的世界，將ＳＯＳ團的成員拆散，讓大家統統變成普通人的元凶。只有我的記憶被保存了下來，其他人的記憶和歷史則全都改變了。

現在，「那傢伙」正要開始行動。

現在還不能衝出去。全部看完之後再作打算，這是長門給我們的忠告。一定要等那傢伙改變了世界，再射入修正程式才行。否則，我讓逃離程式啟動的那段歷史就不會發生。對長門這段說明，我是似懂非懂；但對長門和朝比奈（大）卻是再清楚不過的事。這兩人對於時間的流動想必很清楚，像我就始終搞不懂。既然怎麼想都想不明白，只有乖乖遵照內行人的指示。那個長門是不會說謊的。她一直都很正經八百地守在我們身邊……

我重新握好長門給我的短針鎗，靜待時機。

「那傢伙」以平穩的步調走到北高校門前，抬頭仰望被黑暗籠罩的窮酸校舍，停下了腳步。水手服的裙子隨風飄動。

她似乎沒注意到偷窺的我們。這全都多虧長門注入的奈米機械，在我們身體表面張設了遮蔽屏幕和防護罩。

「那傢伙」突然舉起一隻手，做出了像是在半空中抓取空氣的動作。感覺上有點不自然，似乎是受到了某人的操縱，但我早知道事實並非如此。

「好厲害……」朝比奈（大）感嘆的說：「那是很強大的時空震。她居然有那樣的力量…即使親眼看到了，還是難以置信。」

就算是親眼看到，在我看來還是毫無變化。夜空依然昏暗不已。可是朝比奈（大）彷彿看到了對方運用某種手段，正在改變世界歷史的大工程。畢竟她是未來人嘛，就算看得到也不足為奇。

朝比奈（大）整個人都靠在我身上，緊緊地貼著我。原本在這裡的我們兩人也應該會捲入「那傢伙」的世界改變行動中，是長門的咬人行為讓我們倖免於難。果然沒有長門和朝比奈（大）這兩人不行。我所採取的行動是正確的。接下來的行為，應該就是解決這個事態的最後動作。絕對不能在最後關頭搞砸。

我屏氣凝神，只見那傢伙放下手，突然朝這邊看過來。我以為她發現我們躲在暗處偷看，原來只是單純的四處張望。

「你放心，她沒有發現我們。現在的她是重生後的她。時空震動……世界的改變已經結束。阿虛，輪到我們上場了。」

朝比奈（大）以緊繃又嚴肅的語氣向我發出信號。

我從黑暗中鑽了出來，朝著校門走去。根本用不著慌，因為對方根本不會落跑。不出所料，「那傢伙」即使注意到暴露於街燈下的我，還是整個人呆立在校門前。唯一有變化的只有她臉上的表情。當我察覺到那張臉上的驚訝之情時，一股憂鬱的情緒不經意的浮現。

「嗨。」

我出聲叫喚，像是遇見許久不見的好友一樣走向她。

「是我，又見面了。」

其實我從朝比奈（大）的口氣就隱約感覺到了。在我認識的人中，除了春日以外，只有一個人會讓她如此不安。你們也想一想吧。十八日之後，ＳＯＳ團的全體成員都失去了奇怪的秘密檔案。可是，性格並沒有改變。其中只有一人，行動、表情和態度和之前完全不同。

濛濛夜色中，身穿北高制服的嬌小身影不知所措地杵立著。似乎不明白自己為何會來到這裡，像個剛睡醒的夢遊症患者似的看著周遭——

「長門。」

我說道。

「是妳幹的好事吧。」

她戴著眼鏡，是那個長門。十八日以後，文藝社唯一的社員長門有希。不是外星人也不是其他什麼牛鬼蛇神，單單只是個畏首畏尾的愛書人。

眼鏡長門又露出了更驚駭的表情，彷彿摸不著頭腦似的。

「……為什麼……你……你會在這裡？」

「我才要問妳知不知道自己為什麼會在這裡呢。」

「……散步。」

長門囁嚅地道。睜大眼睛直盯著我看的少女臉上，眼鏡正映照出街燈的光芒。我看著這樣的她，不禁心想：

不是的。不是這樣的，長門。

這傢伙只是累了。成天被春日的心血來潮耍得團團轉，又要忙著保護我，搞不好還得在我們不知道的地方暗中活躍——她會因此而累積過多的疲勞也是在所難免。

剛才在長門的屋子裡，三年前的長門是這麼跟我們說的：

『囤積在我記憶空間裡的錯誤檔案集結，成為BUG封包的扳機引發異常動作。可以預料這是無法避免的現象。我一定會在三年後的十二月十八日再度構築世界。』

她淡淡地接下去說：

『沒有因應的方法。因為我不明白那個錯誤是如何產生的。』

我明白。

我明白長門自己也無法理解的異常動作導火線為何，也明白她不斷囤積的錯誤檔案為何。那應該就是基本的渴望。即使是透過程式才能動作的人工智慧，即使是根本沒裝設那種回路的機器人，經年累月之後，自然就會擁有那種渴望。妳是不會懂的，但是我懂。春日大概也懂。

我肆無忌憚地觀察長門那張困惑不已的臉。可是文藝社的夢幻女子社員，只是更侷促不安地站著。看到她這副異常窘迫的模樣，我在心中不斷吶喊：——長門！這就是所謂的感情！

就因為沒有七情六慾是妳的基本規格，所以反動才會更大。妳偶爾也會很想要大吼大叫，想要發火狂飆，想對某人破口大罵：妳這個死丫頭！老娘不理妳了，是吧？不，不管這傢伙有沒有這麼想，那都是很合情合理的行為，所以，她的行為是可以被原諒的。畢竟我也有責任。我太過依賴，習慣什麼事都仰賴長門。我總是認為任何事都有長門幫忙，然後就不動腦了，真是蠢貨一個。而且是比春日還惡質的蠢貨。我沒有說別人的權利。

因此，長門——這傢伙才會興起改變世界的怪念頭。

這是設計不良的ＢＵＧ？抑或是執行程式產生的錯誤？

你很煩耶，才不是那種東西。
這是長門的願望。長門希望的，是像這樣的普通世界。
只留下我的記憶，然後將我以外的人，包括自己，全部都改變了。
困擾了我好幾天的這個疑問，現在終於想通了。

——為什麼只有我維持原樣？

答案很簡單，因為這傢伙要交由我自行選擇。
是改變的世界好，還是原來的世界好？在她編好的劇本裡，選擇權是在我。
「可惡。」
選個屁呀！我是沒得挑好不好！
假如我只想要ＳＯＳ團，那倒是不用回到原來的世界也可以重起爐灶。春日和古泉雖然唸別所高中，但是不同校在組團上並不構成障礙。當作是校外活動就好了。這個神秘社團，照樣可以在以前常去的那家咖啡廳聚會呀。在那裡，春日還是盡說些異想天開的話，古泉只會不停陪笑臉，朝比奈學姊則是驚慌不已，至於我可能會臭著一張臉注視遠方——這樣的情景立刻浮現在我的眼前。而待在那裡的長門可能仍舊情緒不安吧，當然她還是會靜靜地看自己的書。不

過──

那已不是我所熟知的ＳＯＳ團。長門不是外星人，朝比奈學姊也不是未來人，古泉也只是普通人，春日也沒有不可思議的力量。那只會是個合乎常理、社員感情融洽的單純社團。

那樣就好了嗎？那樣比較好嗎？

我當初是怎麼想的？對於春日惹的麻煩，不在常識認知範圍內的事件，我都是怎麼看待的呢？

煩死了。

給我差不多一點！

妳是白癡啊！

我懶得理妳了。

「……」

心臟劇痛了起來。

被迫捲入麻煩事，對春日出的超難題抱怨不已卻繼續奮鬥的普通高中生。那就是我置身的立場。

那麼，我！對，就是你啦！我要捫心自問。這是很重要的問題，所以仔細聽好。然後回答我。不准拒答。答ＹＥＳ或ＮＯ均可。聽好了，我要出題囉！

——那樣光怪陸離的校園生活，你不覺得很好玩嗎？

快回答呀，我！給我好好地想。怎麼？我不能問問你的意見嗎？快說來讓我聽聽。被春日耍得團團轉，受到外星人的襲擊，聽未來人講天方夜譚，再聽超能力者話玄理，被關在閉鎖空間裡，不時有巨人暴動，貓會講話，不明究理的時間移動，而且還必須遵守一切得全瞞著春日才能進行的嚴苛規定，只有尋求不可思議現象的ＳＯＳ團團長處於毫不知情的幸福狀態，明明是肇事者卻不知道自己闖了禍的矛盾世界。

你不覺得那樣很有趣嗎？

還是你覺得那樣很煩人，想叫對方差不多一點，認為她根本就是白癡，懶得理她啦？啊？是嗎？也就是說，你是這麼想的嗎？

——那個世界，一點都不有趣。

沒錯？照你的說法，就是這樣子。你覺得現實中的春日很煩，不論她提出任何妄想，你都很憂鬱，你自然不會覺得那樣的世界很有趣。不要跟我說不是！分明就是。

可是，事實上你根本樂在其中。因為那個世界比較有趣。

你問我為什麼這麼說？

那我就告訴你吧。

——你不是按了ENTER鍵嗎？

就是那個緊急逃離程式，長門留下的那個修正裝置呀。

READY？

你當時回應那個問題的答案，是YES。

對吧。

難得長門大明神幫你將世界設定成平穩的狀態，你卻否定了祂的美意。自從四月認識涼宮春日後，你就肯定了那一個蠢到極點的世界。你甚至想返回學校有外星人、未來人、超能力少年晃來晃去的妄想世界。為什麼？你不是老在抱怨個不停，總愛悲嘆自己的不幸嗎？

既然如此，你對逃離程式何不來個相應不理？選擇留在這邊的平凡世界，你和春日、朝比奈學姊、古泉與長門，就能以普通高中生的身分相識，在春日的領導下，照樣過著快樂的生活呀。既然春日沒有任何力量，就可以和光怪陸離的苦海脫勾了。

在那個世界，春日只是個愛頤指氣使的平凡人；朝比奈學姊也不具未來人這種特殊屬性，只是可愛的萌角色；古泉是背後沒有怪異組織的普通高中生，長門也只是溫順乖巧的愛書少女，沒有背負特別使命，也無須發揮神奇力量監視誰或保護誰。對了，雖然她一直都是面無表情，但是聽了不好笑的冷笑話也會哈哈大笑，然後又滿臉通紅，說不定還是只要花上一點時間，就會逐漸敞開心扉的那種人喔。

如此美好的平凡生活，你卻捨棄了。

到底是為什麼？

我再問一次。這是最後一次了。你要老實回答我。

我，對惹禍精春日和春日引發的如惡夢般的事件，是不是覺得很有趣？快說！

「當然。」

我如此回答。

「用膝蓋想也知道很快樂。那種心知肚明的事就別再問了。」

被問到有不有趣，假如有人回答不有趣，那他一定是真正的蠢蛋。神經比春日還粗三十倍的神經大條。

那可是外星人加未來人加超能力者耶？

光有一種就夠吸引人的了，一次還備齊了三種有趣的角色！加上春日也在那裡，一定可以發揮出更為強大的神秘力量。這麼一來，我就不會無聊啦。如果有人對那表示不滿，我搞不好會把那個傢伙打個半死。

「就是這麼一回事。」

我如此說道。你說我想開了也行。

「還是那邊比較好。這個世界一點也不適合我。抱歉，長門。我不喜歡現在的妳，比較喜歡以前那個長門。而且，我喜歡妳不戴眼鏡的樣子。」

這位長門看了看我，表情十分狐疑。

「你到底在說什麼呀……」

我知道的長門有希，可絕對不會說出這種話。

這三天來，從我覺得事有蹊蹺的早上到現在這段時間內發生的事，這傢伙都不知道。那是當然的。因為這個長門是剛剛才重生的，和我不曾相處過。她還沒有用驚異的視線仰望衝進文藝社團教室的我。

這位長門，有的只是經過偽造的圖書館中的記憶。除此之外，和我共有的記憶，都是之後才產生的。

以前，我曾和春日兩人單獨被關在灰色的閉鎖空間裡。按照古泉的說法，那是春日創造的新世界。

長門利用的就是那種能力吧。她運用了不知是從春日那偷來還是搶來的神秘力量，創造了這個世界。

那真的是種非常方便的能力。相信不管是誰，都曾興起重頭再來的念頭。也一定有過想讓現實情勢轉為對自己有利的想法。

可是，一般人是做不到的。不這麼做也比較好。我就不會想重頭開始。所以我當初才會和春日一起從閉鎖空間回來。

這次的事件，純然只是那股不知是來自神還是什麼的奇特力量，從春日移轉到了長門身上。春日自己並沒有自覺，而失控的長門則是在自主意識下改變了世界。

「長門。」

我朝呆立不動的嬌小人影走過去。只見長門一動也不動，一直抬頭望著我。

「再說幾遍，我的答案還是一樣。請恢復原狀吧。妳也要恢復原狀。我們再一起在社團教室奮鬥吧。只要妳說一聲，我會幫妳的。春日最近也不會再動不動就發飆了。妳實在沒必要使用這種沒營養的力量，強行改變世界。維持原狀就很好了。」

鏡片下的眼眸，浮現了恐懼之色。

「阿虛……」

朝比奈小姐拉了拉我的襯衫下擺。

「你跟這位長門同學說什麼都沒用的。因為，連她自己都改變了。這位長門同學只是一名沒有任何力量的…普通少女……」

這突然點醒了我一件事。

那個長髮的春日。叫我約翰，並潛入北高的那個既非神也非魔的普通春日。對我所說的SOS團故事聽得非常入迷，眼睛閃閃發光，還笑著說：「有趣！」的那傢伙。

還有說喜歡那個春日的古泉的俊朗笑容。穿著我的體操服，表情複雜的資優轉學生。將入社申請書遞給我，邀我加入她的社團，述說和我共度的偽造記憶的眼鏡長門。她臉上的笑容有如破曉黎明，讓我不禁想再看一次。

我和那些人已無法再見面了。說實在的，我對他們也不是全無依戀。只是他們全都是偽造的存在。不是我熟知的春日、古泉，長門以及朝比奈學姊。沒來得及跟他們說再見是個遺憾，但我已經決定了，我要找回我的春日、古泉，長門以及朝比奈學姊。

「對不起。」

我把手鎗型裝置架好。此舉讓長門的身體完全凍結，看到她的反應，我感到很強烈的罪惡感。可是，事已至此，躊躇無用！

「應該馬上就會恢復原狀，我們又可以一起到處走走看看了。我們聖誕夜先吃火鍋，然後再去冬天的山莊。這次由妳來扮演名偵探。那種案件發生的瞬間，就立刻解決的超級名偵探，不錯吧？那是——」

「阿虛！危……呀!!」

朝比奈小姐叫喊的同時，有人撞上了我的背部。咚！一聲的衝擊，讓我的身體搖晃了一下，街燈照耀下的黑影也在搖晃。那個黑影還融入了別的影子。是什麼？是誰？

「不准你傷害長門同學！」

我轉頭向後看。越過我的肩膀，看到一張女人白皙的臉龐。

朝倉涼子。

「什……」

我說不出話來。有樣冰冷的東西刺進我的側腹。是一種扁平的東西，深深侵入了我的體內。好冰。不適應感更甚於激烈的痛楚。這是怎麼回事？怎麼會這樣？為什麼朝倉會在這裡？

「呵呵。」

她的微笑在我看來，就像是沒有笑容的面具卻突然笑了起來一樣。朝倉吃力地離開了我，將刺入我腹部，鮮血淋漓的長刀抽了出來。

失去支撐的我，像錐子一樣打轉之後倒地。而在倒下的我面前——長門像是雙腿發軟似的，一屁股跌坐在地上。嘴唇直打哆嗦：

「朝倉……同學。」

朝倉像是在打招呼似地，晃了晃沾有我血跡的瑞士刀。

「嗨，長門同學。放心，有我在。我會排除一切威脅妳的人事物。我就是為了這點才存在的。」

朝倉笑著說。

「那正是妳所期望的，不是嗎？」

騙人。長門不可能會如此期望。她不是那種鳥無法如自己的意鳴叫，就乾脆將鳥給殺了的人。絕對不是。長門出現異常動作，這樣的她再度創造出來的朝倉也變成異常的人，這傢伙形同長門的影子……

朝倉的影子淡淡地落在我身上。那傢伙頭頂的殘月很快就被遮住。

「我要送你最後一程。只要你死就沒事了。誰叫你讓長門同學痛苦。很痛嗎？我想也是。你慢慢體會吧。那可是你能感受到的，人生最後的感覺。」

粗大的刀子揚起，刀刃下正對著我的心臟。而且我又血流不止。這樣就足以讓我一命嗚呼了吧……？我意識模糊地想著。現實的感覺正在遊離。殺人鬼朝倉。妳在這裡的任務就是這個嗎？長門有希的輔佐人員…

接著，刀子往下揮動……

風馳電掣間，有隻手從旁伸了出來。

「……！」

有人抓住了刀刃，而且是徒手。

「誰？」

徒手……!?我好像在哪見過這個光景……

我的意識混濁不清，無法辨認那張臉是誰的臉。光線不足，請再多給我一點光好嗎？她的臉剛好背對街燈的光源，暗的看不清楚。只知道是短髮的女生……穿著北高的水手服……沒戴眼鏡……我只看得出這些……古泉……你這個負責照明的人跑去哪了呀？

「啊……？」

帶有問號的細小聲音，是屁股跌坐在地上的長門發出的。眼鏡反射出街燈的光芒，我無法看清她的表情。是恐怖？還是驚愕……？

「為什麼？妳是……!?為什麼……」

朝倉在慘叫。她好像是在對空手奪白刃的女生說話，但對方依舊保持沉默，沒有應答。

朝比奈小姐的聲音聽起來像是在我附近。

「對不起……阿虛，我早就知道，卻…」

「阿虛！阿虛……不行！不可以！」

朝比奈的身影看起來像是有兩個。一個是大人版朝比奈，另一個像是我的蘿莉版朝比奈。

兩人都淚流滿面，搖晃我的身體。朝比奈們，會痛耶……

……咦？為什麼朝比奈（小）會在這裡？大人版朝比奈抓著我哭，我還能理解；因為她是跟我一起來到這裡的。可是，小朝比奈是從哪冒出來的？啊，我懂了。這說得好聽點是幻覺。說得難聽點是在回顧人生的走馬燈……

比起痛楚，鮮血不斷流出的感覺，才更為恐怖。

糟了，我會死。

就在我百般後悔沒先將遺書給準備好時，突然覺得有人在我頭上晃。那人撿起了和我同時掉落在地上的長門特製注射裝置。

一個似曾相識，卻又想不起在哪聽過的聲音說道：

「對不起。我是有苦衷才不救你的。可是你也不要記恨。我也很痛啊。算了，後面的事情我們會處理。不，我已經明白該怎麼做了。你很快也會知道。現在先睡吧。」

他在說什麼啊？又是誰在說話？什麼事怎麼做？又是誰要來處理？朝倉的致命一擊，將手杵在地面上的眼鏡長門、大小朝比奈，與穿著不同學校制服的春日她們的影像，全都攪和在一起——

我失去了意識。

第六章

沙、沙。

耳邊傳來沁涼的聲音。

在黑暗中，接近逐漸甦醒的意識邊緣，我模糊地想著。

那或許是個夢。印象中，我好像作了個非常有趣的夢。通常清醒後五分鐘會覺得很有趣，刷牙時細節會逐漸變得模糊起來，吃飯時就全忘光光了。回過神來才發現，腦海裡只留下一個「那真是一個有趣的夢」的輪廓。類似的經驗，我已有過好幾次。

也有好幾次作了一點都不有趣的夢，夢中情節卻異常清晰，老是在腦海裡縈繞不去。那或許是種似夢非夢的存在。就跟和春日被關在閉鎖空間的那一夜一樣，是實際上發生過，然而卻被當成不存在的記憶。

我睜開眼睛時，第一件想到的事情就是這種事。

天花板是白色的。我不是在自家的房間。具透明感的橘色光線將和天花板一樣白的牆壁染成了彩色，現在不知道是早上還是傍晚？

「哎呀。」

對慢慢清醒的腦袋來說，這個聲音就像虔誠信徒所聽到的教會鐘聲般充滿祥和之氣。

「總算醒了。感覺你似乎睡得很熟。」

我轉頭尋找聲音的主人。那小子就坐在躺平的我身旁的椅子上，用水果刀削蘋果。沙、沙。紅色果皮滑順地垂了下來。

「應該要跟你道聲早安，不過現在是傍晚時分。」

古泉一樹露出平和的笑容。

眼看古泉已將削完的一顆蘋果放入盤中，置於拉出來的側桌上。接著又從紙袋中取出第二顆蘋果，笑著對我說：

「謝天謝地，你清醒了。不然我真不知該如何是好。喔哦…你的眼神好像很呆滯，你曉得我是誰嗎？」

「我才要問你哩，你曉得我是誰嗎？」

「好奇怪的問題。我當然知道。」

這個古泉是哪一個古泉，看衣服就知道。

藏青色的學生西服，不是黑色的中山裝。

那是北高的制服。

我有一隻手露在棉被外。上面插有點滴的吊線。我看著那玩意兒說：

「現在是什麼時候？」

古泉露出了就他個人而言算是驚訝的表情，

「這就是你清醒過來的第一個問題？聽起來你好像已經完全掌握自己的處境。至於你要的答案，現在是十二月二十一日的下午五點多。」

「是二十一日啊……」

「是的，今天是你意識昏迷之後的第三天。」

第三天？意識昏迷？

「這裡是哪裡？」

「私立的綜合醫院。」

我環顧四周。這是一間很氣派的單人房，而我就躺在床上。我居然住得起單人病房，原來我們家那麼有錢，我都不知道。

「我叔叔的朋友正好是這家醫院的理事長，所以住院可享特別優惠。」

搞半天不是我家有錢啊。

「是的。有賴『機關』從中斡旋，在這裡用低廉的價格住上一年沒問題。話雖如此，三天你就醒來了，我也鬆了一口氣。不，不是錢的問題。有我跟著還讓你發生這種事，上頭可把我罵慘了，還要寫悔過書。」

二十一日的三天前就是十八日。那一天，我做了什麼？……啊，我想起來了。我因為出血過多，瀕臨死亡邊緣，他們就將我送進醫院…不對，等等，有點奇怪。

我提心吊膽地看了看身上穿的病人服，再摸摸右側腹。

什麼感覺也沒有。通常傷口都會發癢，我卻不痛也不癢。那個傷勢不可能三天就復原。除非有人幫我重新翻修了一番。

「我住進這裡的理由是什麼？因為昏迷？」

「你果然不記得了。這也難怪。當時你的頭部受到嚴重撞擊。」

我摸摸頭，頂上只有頭髮，並沒有纏上繃帶也沒有戴上紗網。

「就是那樣。不可思議的是你完全沒有外傷。也沒有內出血。腦機能也沒有異常。連主治醫師也十分詫異，不知道是哪裡出了問題。」

可是——古泉緊接著又說：

「我們正好目睹你從樓梯摔下來的情景。你摔得很慘，老實說我們大家的臉色都發青了。當時跌落的聲響之大，就算你當場長眠，我們也不會感到奇怪。要我跟你說說當時的情況嗎？」

「說吧。」

我在下社團大樓的樓梯時，不知是滑了一下還是怎樣，一腳踩空摔了下來，頭部直接墜地，後腦勺撞到了平臺，咚！的一聲就一動也不動。

古泉說得繪聲繪影，似乎是真有這麼一回事。

「當時真是一片混亂。又是叫救護車，又要陪著昏迷不醒的你到醫院。涼宮同學血色盡失，我第一次看到她那種模樣。啊，叫救護車的是長門同學。是她的冷靜救了你。」

「朝比奈學姊當時是什麼反應？」

古泉聳聳肩。

「你料想得到的反應。抓著你放聲大哭，不停叫喊你的名字。」

「那件事是發生在十八日幾點左右？在哪裡的樓梯？」

我連珠砲似的質問。說到十八日，就是世界丕變，我為之驚慌失措的第一天。

「你連這個都不記得啦？那是中午過後，我們SOS團剛開完會，全體五人正要一齊出去買東西時發生的。」

買東西？

「連這段記憶都煙消雲散？你該不會是假裝失憶吧？」

「沒關係，你繼續講。」

古泉的唇際浮現柔和笑意。

「那天會議的主題呢，嗯，就是二十五日聖誕節當天，涼宮同學住家附近有個小朋友的同樂會，我們SOS團將客串表演嘉賓。這是為了讓朝比奈學姊的聖誕少女裝能得到有效運用。當天她將會扮演聖誕美女，發給小朋友禮物。這個溫馨的活動全是由涼宮同學一手安排。」

又來了，那女人就是這麼任性！

「可是，光有聖誕美女不夠真實。於是涼宮同學打算讓成員之一穿上馴鹿布偶裝，載著朝比奈學姊登場。後來就用抽籤決定…你認為誰是籤王呢？你想起來了嗎？」

完全沒印象。如果連原本就沒有的記憶都想得起來，那傢伙一定是了不起的騙子，必須住進另一種醫院。可是跟這個古泉說這些也沒有用。

「算了，總之是你雀屏中選就對了。因此你為了縫製馴鹿裝，要上街購買材料，結果下社團大樓的樓梯時，就摔下去了。」

「聽起來有夠蠢的。」

聽我那麼一說，古泉眉頭皺了起來。

「當時你走在最後面。所以沒人看見你是怎麼摔下來的。只見你從我們旁邊，像這樣——」

古泉故意讓右手的蘋果掉落，再用左手去擋，親自示範給我看。「整個人用滾的摔了下去。」

古泉又繼續削蘋果皮。

「我們連忙衝到動也不動的你身邊。涼宮同學說她覺得樓梯上好像有人。她看到休息平臺的轉角有學生裙飄動了一下，但馬上就消失不見了。我也覺得奇怪，調查了一下，在那個時間點，社團大樓除了我們以外沒有任何人，長門同學也搖搖頭。那個女生就像幻影一般消失了。

我們一直在等你清醒，想問是誰將你推下去的……」

我不記得。在這個節骨眼，這樣的回答應該是最恰當吧。這只是普通的意外。是我自己不小心摔下來的，只能自認倒楣。就當作是這樣吧。

「只有你來看我？」

春日呢？我本來要這麼問，最後還是沒問。不過古泉卻噗哧笑了一聲，「你從剛才就一直在左顧右盼什麼呢？你是在找某人吧？請不用擔心。我們有排班來看護你，在你睜開眼睛之前，絕對都有人守在你身邊。朝比奈學姊也差不多快來了。」

古泉的眼神讓我莫名的在意。看起來就像見到朋友對愚人節的謊言信以為真，在內心吐舌頭那樣的眼神。到底有什麼含意？

「不，我只是覺得很羨慕你而已。可以說是欣羨的眼神吧！」

這不是對撞到頭而臥病在床的病人講的話吧。

「我們團員是輪班制，但是憂心部下的安危也是團長的工作之一——」

古泉將削好的蘋果切得漂漂亮亮，再雕刻成兔子放在側桌的盤子上。

「涼宮同學一直在這裡。從三天前就一直在這裡。」

我看向古泉指的方向。在我的床另一邊的地板上。

「…………」

她在。

蜷縮在睡袋裡的春日，微張著嘴巴睡覺。

「大家都很擔心你，我和她都是。」

充滿哀愁的口吻，真像在作戲。

「說到涼宮同學動搖不安的模樣……不，這個等下次有機會再說吧。總而言之，當下你還有一件事情要做吧？」

不管是誰，都很愛指使我耶！朝比奈（大）也是，這個古泉也是……但是，我可沒唸他們。古泉削那麼多蘋果是不是要借花獻佛，我也不引以為意。

「說得也是。」我說。

真想在她的睡臉上塗鴉呀…想歸想，等下次有機會再說吧。以後機會還多得是。

我坐在床上，伸長了手，用指尖碰了碰似乎在生氣的睡臉。

她的頭髮還沒長到可以綁馬尾。我的眼神忍不住流露出懷念之情。那頭黑髮像是在鬧彆扭似的搖晃起來。

春日醒了。

「……嗯～呃？」

半呻吟半張開眼睛的春日，一察覺到捏自己臉頰的人是誰——

「啊!?」

就似乎忘了自己人在睡袋裡。想像彈簧玩具一樣跳起來卻失敗了，在地上打滾，像條尺蠖（譯註：日名「尺取蟲」，英名Inchworm。）一樣在地上蠢動爬行，等到好不容易鑽出來後，就用食指指著我破口大罵。

「臭阿虛！怎麼不先叫我一聲再起來，害我一點心理準備都沒有！」

這太強人所難了吧。可是，妳大吼大叫的模樣，對現在的我而言比什麼藥都來得有效。

「春日。」

「幹嘛？」

「口水擦一擦。」

春日的嘴唇和眉毛抽動了一下，她連忙擦拭嘴邊，就這樣撫著整張臉瞪著我瞧。

「你——沒有在我的臉上亂畫吧？」

是很想畫。

「哼。那你都沒有話要說嗎？」

我照她的期望回答。

「讓妳擔心了，對不起。」

「嗯，你知道就好。就是啊！擔心團員的安危，本來就是團長的義務！」

春日的怒吼聲在我聽來就像天籟，此時，門邊輕輕響起了敲門聲。古泉機靈地站起身，拉開拉門。

站在門外的第三位訪客，一看見我：

「啊，啊、啊～」

就發出驚慌失措的聲音，抱著花瓶杵立在門口的，正是有一頭飄逸長髮，一張娃娃臉如奇蹟一般可愛，個頭嬌小，身材卻很豐滿的北高二年級學生。

「嗨……朝比奈學姊，妳好。」

不知道這算不算得上是好久不見，起碼現在的我分辨不出來。

「呼……」

朝比奈學姊盈眶的熱淚串串滴下。

「太好了……真的是……太好了……」

我真想像之前那樣緊緊摟住她，說不定朝比奈學姊也打算這麼做，不過她完全忘了要將花瓶放好，只是一個勁的哭泣。

「妳太誇張了吧。不過是撞到頭昏過去而已。我早就知道阿虛不可能一直昏睡不醒。」

春日的聲音中隱約透露出激動，正眼也不瞧我一下的說道：

「因為，我早就說了。SOS團是全年無休的社團，誰都不准給我缺席。用撞到頭而一睡不醒這種鬼理由來請病假，我絕對不會允許。你明白了吧，阿虛？三天份的無故缺席代價很高喔。要罰錢的！不只要繳罰金，還有滯納金！」

古泉輕輕笑了起來，朝比奈學姊斗大的淚珠不斷滴落在地板上，春日則轉向另一個方向，乍看之下真以為她在發火。

我注視他們，點點頭又聳聳肩。

「我明白了，加上滯納金，我總共要繳多少入庫？」

春日凝視著我，臉上的笑容燦爛到令人不敢置信。真是個單純到不行的傢伙。

最後決定連續三天大夥上咖啡廳的費用都由我買單。我在想這下定存真的不解約不行了的時候——

「還有——」

還有啊？

「嗯，還有一筆精神賠償費要另外再算喔。對了，阿虛。聖誕派對時，你就穿上馴鹿裝，表演絕活給我們看吧。要表演到我們哄堂大笑為止！要是太無聊，我就把你踹飛到異次元去！小

朋友的同樂會上也順便表演一下。聽到沒有！」

春日的眼眸閃耀著有如三稜鏡的光芒，再度對我頤指氣使。

我人是清醒了，但是也不能說出院就出院。醫師趕來問診後，我就被送往檢查室被套上各式各樣的機械。繁複的好像是要將我變成改造人似的，叫我煩不勝煩。問診和各種檢查折騰了一天，今晚勢必又得在病房過夜了。對我來說，今晚才算是第一天住院。我以前從來沒住過院，正好可以體驗一下住院的滋味。

春日、古泉和朝比奈學姊回去時，正好遇到了來探病的我老媽和老妹。春日看起來客客氣氣的，想不到她居然有那方面的神經，真教我吃驚。

陪著老妹和老媽聊天的同時，我腦中不停地在運轉著。

如果照那樣發展下去，不知會變得如何？長門、朝比奈和古泉只是單純的人類，壓根就沒有超脫現實的真面目。長門是沉默寡言的文藝社書蟲，朝比奈學姊是高不可攀的學姊，古泉只是就讀他校的單純轉學生。

而春日也僅是個性有些彆扭的女高中生呢？

或許那樣的設定，也能構成不錯的故事。不必再去認知所謂的現實，也用不著再對世界的改變斤斤計較，是和扭曲的日常生活完全無緣的故事。

在那裡一定沒有我出場的份。我可能只會過著平凡的校園生活，然後平安無事的畢業吧。

究竟哪個世界才是幸福的，

我已經知道了。

唯有「現在這個世界」才能讓我快樂。如果不是這樣，我幹嘛要為了回到這裡搞得差點拚掉一條小命？

問你喔。是你的話，你會選哪一邊？答案應該很明顯吧。還是只有我一個人會這麼想？

我家人總算打道回府後，在熄燈時間已過的病房裡，我直盯著天花板看。因為無事可做，只好閉目養神。

聽說我這三天，在這個世界的我，這三天都在睡覺。好像真是這樣。

既然如此——

要變成那樣，勢必得做點改變。

這個世界已經改變了兩次。被那個長門扭曲的世界又再度改變，回到了原來的世界，就是這裡。那麼，是誰做了第二次的再改變？

不是春日。那三天的春日沒有那種力量，這個世界的春日也不知道世界被改變了。

那麼，會是誰？

徒手制止朝倉的刀救了我一命，本身有能力辦到那種事，也有可能那麼做的人——

只有長門了。

此外，我在失去意識前，看到了兩個朝比奈。另一個不是大人的朝比奈，正是我的朝比奈學姊。那是身在這個世界，我再熟悉也不過，來自未來的可愛學姊。

還有另一個人，那個聲音的主人也是。最後跟我說話的那個聲音，我真的曾經聽過。

我努力回想了一下，很快就發現我根本就不用努力。

那是我的聲音。

「原來如此，是這樣啊。」

這麼說來——

我就得再去一次那個時間點了。時間得回溯到十二月十八日清晨才行。而且必須連同這個時間點的朝比奈學姊和長門一塊過去。

然後，世界就會回復到現在的模樣。

朝比奈學姊是負責把我和長門帶到那個時間點去。而長門的任務是要讓失常的三天以及失控的長門恢復正常。至於是借用了春日的力量，還是資訊統合思念體做的，我就不清楚了。

可是，我也有要務。

應該是吧？我當時聽到了自己的聲音。就是因為聽到了才有今日的我。為了要當現在的我，我是有必要跟過去的我說那些話。

「對不起。我是有苦衷才不救你的。可是你也不要記恨。我也很痛啊。算了，後面的事情我們會處理。不，我已經明白該怎麼做了。你很快也會知道。你現在先睡吧。」

我反覆練習這段台詞。記憶中，我是這樣說的沒錯。不敢說每字每句都正確無誤，但是意思應該差不多。

代替被兇刀刺殺而倒下的我，使用那個注射裝置的就是今後的我。

那個我無法從朝倉瘋狂的襲擊中解救我的理由，我也瞭解。那個我當時的口氣，聽起來不像是慌慌張張趕過去的，一定是事先就在附近埋伏。同朝比奈學姊與長門算好時機才衝出去的。不能太早，也不能太晚。我一定得被朝倉刺殺。為什麼？因為對當時的我而言，那的確是曾經發生的過去。套句朝比奈小姐常說的：

「這是既定事項。」

夜更深了，但我還是了無睡意。

我一直在等。在等什麼？這還用問嗎？當然是不得不來這裡的人中，還沒來的那傢伙呀。如果她沒來，那才真是騙人的。

躺在床上的我一直盯著天花板看，過了深夜以後我的死撐才終於有了回報，探病時間早就已經結束了。

病房的房門慢慢地滑開，通道的光照出的嬌小人影落到了地板上。

那正是這一天最後一個來看我的，穿著水手服的長門有希的身影。

長門一如往常，面無表情地說：

「這全是我的責任。」

讓人安心的平坦聲調，莫名地讓人感到懷念。

「目前正在檢討我的處分。」

我抬起頭來。

「誰在檢討？」

「資訊統合思念體。」

長門輕描淡寫地繼續往下說，彷彿在述說別人家的事。

當然，長門早就知道自己會在十二月十八日凌晨闖禍。因為我和大人版朝比奈去找過三年前的長門。她早就知情，也竭盡全力避免那種情況發生。卻還是無法力挽狂瀾。就算是事前能夠得知的未來，卻還是有躲不過的時候。不，有時是可以迴避的……

夏天以後，和以前有些不同的長門的舉止掠過了我心頭。

「不過，」我打斷了她的話，「早在三年前，妳就知道自己會出亂子，妳隨時都可以告訴我，不是嗎？校慶之後也好，不然在草地棒球大賽前跟我說也行。那麼一來，我就可以在十二月十八日的時間點提早行動。只要趕緊召集大家，就可以回到三年前去了啊。」

長門的表情冷若冰霜，一絲笑意也沒有。

「假設我在事前告知了你，失常的我還是可以『消弭你對那件事的記憶』，改變世界啊。此外，『還沒有發生的事，誰也不能保證一定會發生』。我所能做的，就是讓你盡可能以原本的狀態迎接十八日的到來。」

「妳不是為我留下了逃離程式？那就夠啦！」

道謝的同時，說著說著就生氣了起來。但我不是氣長門，也不是氣我自己。

淡淡的口吻在病房的牆邊小聲響起：

「我無法保證自己不會再發生異常動作。只要我繼續存在下去，我內部的錯誤就會不斷囤積。這是有可能的。而且是非常危險的事。」

「狗屁啦！幫我傳話過去。」

聽到我罵粗話，長門的頭默默傾斜了兩釐米。還眨了眨眼睛。

我將手盡量伸長一點，抓住了纖細的白皙手臂。長門並沒有抗拒。

「告訴妳的頭頭。聽好了，要是他敢讓妳消失，我就會大鬧特鬧。不管使出什麼手段，也要將妳帶回來。我雖然沒什麼能力，煽動春日的能耐倒還算有。」

我確實握有煽動春日的王牌。只要我跟她說「我是約翰．史密斯」就行了。

是啊，一點都沒錯。我的能力雖然跟廢柴差不多，春日卻有蠢材的大無畏力量。長門一消失，我就會將所有的事一股腦兒全跟那女人講，並會講到讓她相信為止。然後再一起踏上尋找長門之旅。不管長門的頭頭是將長門藏起來，或是將她給消弭了，春日一定會想辦法扭轉乾坤，起碼我會逼她去設法。說不定連古泉和朝比奈學姊都會參上一腳。到時候誰還管得了不知位於宇宙何處的資訊意識體呀！那種東西有沒有根本就無所謂！

長門是我們的夥伴。而且要是ＳＯＳ團的某人失蹤，春日這個人肯定不會就這樣放手。不只是長門，我和古泉和朝比奈學姊要是突然遠走他方的話，即便那是出自本人的意願，那女人也不會善罷干休。說什麼也會想盡辦法將我們帶回來。涼宮春日就是那樣任性妄為、自我中心、完全不為他人著想、只會給別人添麻煩的ＳＯＳ團女王。

我狠狠盯著長門。

「妳的頭頭再囉哩囉嗦的話，我就跟春日聯手，讓世界完全變樣。創造出就像那三天，妳在但資訊統合思念體卻不存在的世界。想必會更加令人失望吧。觀察對象?‧觀察個頭啦！」

說著說著，我越來越怒火中燒。

資訊統合思念體有多知性我不清楚，但頭腦一定是好到不行。想必就像是兩秒鐘就可以默算出圓周率的小數點後一億位數的那種人吧。搞不好還會耍不完的高等特技呢。

那麼，我更有話要說了。

賦予這個長門有希一個更像人的性格，對你們而言不難吧。朝倉在變成殺人鬼之前，在班上廣受歡迎，個性開朗又愛交際，假日還會呼朋引伴一起去逛購物商城，像那樣的人你們都造得出來了，不是嗎？幹嘛一定要將長門設定成孤零零關在社團教室裡看書的陰沉小女生？難不成要是不這樣的話，文藝社就不像文藝社了嗎？就沒辦法讓春日上勾了嗎？是誰那麼一廂情願的認定啊？

此時我才發現，我一直用過強的力道握著長門的手。可是，愛看書的有機人工智慧機器人對於那樣的行為卻一句怨言也沒有。

長門只是目不轉睛地凝視著我，慢慢地點了點頭。

「我會轉告的。」

平淡的聲音接著小小聲地說了一句：

「謝謝你。」

尾聲

我開始思考，接下來該怎麼做。

結業典禮已經結束，學期成績通知單也從導師岡部那裡拿到手，本年度的高中生涯到此正式宣告結束。

今天的日期是十二月二十四日。

消失的一年九班和該班的學生都復活了，這次幾乎沒什麼出場機會的古泉一樹也是在那個班級。朝倉在半年多前就從一年五班消失，谷口繼續走輕浮路線，我後面的座位也換回春日坐鎮，班上也沒有再流行感冒。在禮堂見到長門，她的臉上沒戴眼鏡。結業典禮結束時偶然遇到朝比奈和鶴屋學姊雙拍檔，兩人異口同聲的和我打招呼。上學途中我也確認過了，私立光陽園學院已經恢復成名符其實的貴族千金學校。

世界回到了原有的模樣。

可是，選擇權仍然在我的手中。我和長門以及朝比奈學姊必須再回到過去——十二月十八日凌晨——不回去的話，世界就無法恢復原狀。回到過去，才能復原。只是何時回去，遲遲未能決定。我也還沒跟朝比奈學姊說明。她應該會從大人版的自己那邊聽說事情的原委吧。這幾天我是有見到她，卻一個字也沒跟她提。

「真是！」

毫無意義的發出牢騷後，我踏上銜接社團大樓的走廊。

就像是賽車場舉行的房車賽那樣，我也必須遵守回到同一個地點的規則。落後兩圈或三圈都沒差，就算有，那也不是我能決定的。第一圈和最後一圈是同一條路，同樣的光景，卻有著截然不同的意義。只要注意不被淘汰，平安跑完全程，順利通過終點線，努力撐到黑白方格旗揚起的那一刻為止就好。

……算了，說再多也全是畫蛇添足。

再怎麼辯解都沒有用。畢竟是我自己選擇了這一邊。和春日無意識的隨心所欲大失控理由壓根就不同。這次是出自我個人的意願，選擇了不停空轉的無聊騷動。

那麼，就該有個人負起全責，做到最後。

那個人不是長門，也不是春日，而是近朱者赤的我。

「活──該。」

我不禁自嘲起來，擺了個酷酷的姿勢。就算不能看也無所謂。反正又沒人在看。才這麼一想，我就和一個路過的無名女高中生四目交會。她很快就移開視線，小跑步走開。我對著她的背影說了一句她恐怕聽不到的話語：

「聖誕夜快樂。」

若是在老掉牙的日劇最後一集，這天一定會飄下一顆白色的雪晶，然後主角用掌心接住，發出：「啊」或什麼的驚嘆聲。看樣子今年又與白色聖誕節無緣了。今天的天氣好得讓人吃驚，是個大晴天呢！

那麼，我就成了完美的當事人。當旁觀者就好的時期，已經消失在遙遠的銀河彼方，成了過去的產物。

「所以咧？要怎麼做？」

事到如今才認知到這一點，真不知該如何是好。無疑的，我是這一邊的人。早在很久以前我就知道了。早在我被春日強行拉到文藝社，聽取她發佈侵佔宣言那一刻起，我就已經屬於這一掛。

和SOS團的其他成員一樣，我會站在積極守護這個世界的一方。沒有人強行押著我，是我自己心甘情願的舉起手來。

這樣的話，我該做的事情只有一項。

同樣要倒下，有前置作業的倒下也比較容易起來。應該說是我自己去幫助倒下的自己起來，以結果而言，這麼做也是為自己好。

我走上樓梯，開始將心思放在即將開始的預定活動上。採購的任務最後是由春日和朝比奈學姊兩人去負責張羅。我這台原本內定好的人型購物車，因病託福才得以免除苦刑。這一點與其說是春日的體貼，倒不如說是她想將菜單隱瞞到最後一刻，等真正揭曉時才讓大家驚奇不已——她應該是有這樣的盤算。說不定是打算活用孤島的經驗。想開個便宜又大碗的摸黑鍋聖誕派對。

到底有什麼樣的火鍋料呢。掌廚的人是春日，想必會以驚奇刺激為優先考量，說不定會創造出人類烹調史上前所未有的實驗性獵奇鍋。反正，不管鍋裡沸騰的是什麼東西，應該只要煮熟了就能吃。就算是春日，也不致於會把自己胃腸消化不了的東西給丟進火鍋吧？除非那女人有怪獸般的胃袋就另當別論。儘管春日異於常人，她的胃腸還是和人類的水平同基準吧。超越人類等級的，應該只有她的腦袋。

不過，在舉行火鍋大會之外，我還必須穿上馴鹿裝，負責表演餘興節目。想想我這個得構思表演點子的苦命人的處境吧。

「唉唉唉。」

上月才打包封箱的感嘆詞，現下又從嘴裡繃了出來。什麼？不要這麼計較嘛。這個詞雖然發音相同，但只要賦與不同的意思，就又是別的詞啦。（譯註：唉唉唉的日文原文是やれやれ，依照情況不同，會有不同的意思。可以是困難解決後的「好了！」，也可以是呼叫他人時的發語詞。）

我一邊在為自己找藉口，一邊在大腦的行事曆中記入一筆預定事項。

這個預定就是既定事項。是讓我繼續待在這個世界，絕對不得不做的事情。

——近期一定要找個時間過去，讓世界復活。

走到社團教室附近，就聞到陣陣撲鼻的香味。光是這樣，我就覺得飽足了。這份滿足感究竟是從何而來？明明不久後就要回溯過去收拾殘局，結果還沒動手就已如此滿足，這也太便宜我了吧！

——不過，也還好啦。反正在那之前。

還有時間。主事者是未來的我，然而並非遙遠的未來，也不是下一刻的我。

我握住文藝社教室的門把，向世界發問。

喂，世界，再等一下下好嗎？在我前去改變你之前，可以再待機一下下吧？

起碼——

等我吃完春日特製火鍋之後，再趕過去也不會太遲吧？

後記

這次以回憶來代替後記，還請大家見諒。

我小學六年級有位同班同學，那個人被譽為天才絕對不過分。他是班上的領導人物，頭腦聰穎，家世又好，更擅長製造開朗氣氛，給大家帶來歡樂。頭上頂著令人目眩的教主光環，這樣的一位風雲人物會與我交好，是因為當時他和我有相同的興趣。我們都喜歡釣魚和外國懸疑小說。至於是志趣相投還是臭味相投就不得而知了。

班上分組時，我也總是和他一組。組長當然是他。有一次，校方舉行活動，要各班推派代表出來表演給全學年的師生觀賞。我們這一組遲遲無法決定要表演什麼，傷透腦筋時，他提議：「我們來演話劇吧。」然後就開始寫劇本。我永遠不會忘記，我讀那個劇本讀到笑出眼淚，還在地上打滾。想不到世界上有這麼搞笑的東西！

我們的演出，忠實地呈現了他的搞笑劇本。看了我們演出的話劇，全六年級學生都笑了；老師們也笑了。我們這一組得到了金獎，還獲頒木頭雕刻的盾。當時我演的是什麼樣的角色，至今我都仍然記憶猶新。

之後，我們還是上同一所國中。後來他考上了遠方的高中，接著又進了更遠的大學。

我時常在想。我是否能做到像他那樣，讓每個人都捧腹大笑呢？——還有，他的劇本是否也間接改變了我的人生——

那個想法在我心底紮了根，成了永難忘懷的記憶的一部分。

……字數似乎不太夠。繼續發佈回憶第二彈。

高中時代，我當過一陣子的文藝社社員。因為我主跑另一個社團，所以一週只能去文藝社一次，基本上文藝社也只有週一才開。因為社員只有一位高我一個年級的學姊。我第一次敲門時，戴著眼鏡，表情很知性的她，是唯一的社員同時也是社長兼社團前輩。那位前輩當時和我說了些什麼，我完全都不記得。搞不好當時她一句話也沒有說。

入社不久，我們倆就開始製作文藝社的期刊。我實在是不願回想自己究竟寫了些什麼。總之不是小說。封面是我畫的。這東西我也不太願意去回想。只靠我們兩個人根本吃不下整本期刊的頁數，所以前輩就跟她的幾位朋友邀稿。雖然都是我不認識的人，但其中一人的名字讓我印象很深刻，至今都還記得。

前輩將升高三之際，決定退出社團，專心唸書去。同時期進來了五位新社員。為何會進來那麼多人，我也不清楚。在另一個社團玩得不亦樂乎的我，沒多久就沒去文藝社了。

再見到前輩，是在她畢業那一天。我對當時的對話也沒有印象。她大概說了不著邊際的交際話後就淡淡離去，而我也只有目送她的背影而已吧。

那位前輩叫什麼名字，我想不起來。那位前輩一定也記不起我的名字。可是，我想她會記得當時社團裡有我這麼一個人。

我也記得社團裡有她這麼一個人。

……連續用兩篇像這種疑似虛構，不登大雅之堂的散文詩來填補後記，讓我有種向下沉淪的痛苦感。可是比起從自己塵封的記憶中挖出好笑的橋段，還有更多事等著我傷腦筋，搞到我快倒栽蔥了……雖然不是沒想過只要船到橋頭自然直，但這就跟想像落入河中隨波逐流的足球未來命運會如何一樣無濟於事，還是將氣力放在另一個地方比較好。

最後，我想對出版這本書的所有相關人員以及閱讀此書的所有讀者，獻上一支感謝之舞，再會。

谷川 流

國家圖書館出版品預行編目資料

涼宮春日的消失／谷川流作；王敏娟譯,——初版.　——臺北市：臺灣國際角川, 2005〔民94〕
面；　公分

譯自：涼宮ハルヒの消失
ISBN 986-7189-18-3（平裝）

861.57　　94012956

Kadokawa
Fantastic
Novels

涼宮春日的消失

（原著名：涼宮ハルヒの消失）

2005年9月16日　初版第1刷發行
2023年12月15日　初版第18刷發行

作　者：谷川流
插　畫：いとうのいぢ
譯　者：王敏媜

發行人：台灣角川股份有限公司
總　監：呂慧君
總編輯：蔡佩芬
主　編：林秀儒
編　輯：黎夢萍
設計指導：陳晞叡
美術設計：莊捷寧
印　務：李明修（主任）、張加恩（主任）、張凱棋

發行所：台灣角川股份有限公司
地　址：104台北市中山區松江路223號3樓
電　話：（02）2515-3000
傳　真：（02）2515-0033
網　址：www.kadokawa.com.tw
劃撥帳戶：台灣角川股份有限公司
劃撥帳號：19487412
法律顧問：有澤法律事務所
製　版：巨茂科技印刷有限公司
ISBN：978-986-718-918-9
